以為只是「有點」嗎？
其實是非常好色的三姊妹！
被虐狂
暴露狂
發情狂
就算是有點色色的
三姊妹，你也願意娶回家嗎？
1

神宮寺家
三姉妹
我絕對不會認同。
我才不要和這種傢伙住在一起！
神宮寺月乃
三姊妹中的次女，是天真的同班同學。朋友眾多，與時下的普通女孩沒什麼兩樣，但是對天真特別凶。其實有著一被男人碰觸，就會興奮發情的怪癖。興趣是收集天真的內褲。
我會一輩子照顧天真學弟的♪
要好好疼人家喔？
學長♪
神宮寺花鈴
三姊妹中的小妹，高一。小惡魔系的美少女，相當受男生歡迎。擁有喜歡被人看到裸體這種不為人知的一面。興趣是畫暴露狂漫畫。
神宮寺雪音
三姊妹中的大姊，高三，是廣受全校學生憧憬的美女學生會長。表面上是溫柔的大姊姊，但其實是希望被人當成奴隸對待的超級被虐狂。興趣是收集ＳＭ道具。

choppiri H na
我才沒有想要迎接哥哥打工回來呢！
如果可以還清債務，不管是什麼樣的工作，都只能接了呢。
我希望你……能成為我女兒的夫婿。
一条葵
天真的妹妹，國二。最近時常露出反抗哥哥的態度，但是完全隱瞞不住對哥哥的愛，是個大傲嬌。
神宮寺肇
三姊妹的父親，大企業社長。很寵溺女兒但不知道她們的變態嗜好。為了讓女兒成為完美的候補新娘而僱用天真。
一条天真
家境貧窮，每天打工，個性認真，成績優秀的高二生。接下成為三姊妹臨時夫婿的工作，開始與她們過著同居生活……
Oyomesan ni sh

請容我作為主人的奴隸，
竭盡全力侍奉您。

啊哈！被發現了♪

哈啊哈啊……
我們來做舒服的事吧？

妳、妳冷靜點！
你什麼都不用做，只要躺著就好。

目
錄
喔!

就算是有點色色的三姊妹，你也願意娶回家嗎？ 1

chopppiri H na Sanshimai demo Oyomesan ni shitekuremasuka?

Kadokawa Funtastic Novels

序章

「哈啊哈啊……天真學弟……天真學弟……」

某天早上。

我忽地醒來，發現一名只穿著內衣的女孩躺在自己身旁。

「…………咦？」

突如其來的奇妙狀況，使我不由自主地全身僵硬，盯著那少女看了數秒。那是一名看起來成熟穩重，很適合留長髮的美少女。

但是現在，遮掩她身體的，只有裝飾著小蝴蝶結的素面內衣褲而已。除此之外，她的手腕上不但戴著手銬，脖子上還掛著「希望調教」的牌子。

我的睡意瞬間消失得無影無蹤。

「呃，那個……雪音小姐……？」

我以顫抖的聲音，呼喚著她的名字——基於某些原因，我不得不與對方住在同一個屋簷下的少女。

「啊……早安，天真學弟——不對，說錯了，是主人♪」

少女露出嬌豔的笑容，俏臉泛著潮紅，說出非常不可思議的話。

「不，我不是妳的主人。應該說，妳到底在做什麼……？」

「如你所見，我是來陪睡的喔？因為我想為主人做早晨服務嘛。」

她說著這句話，逐漸朝我逼近。

這人一大早就在做什麼違背倫理的事啊……！

不快點逃走的話，我的下場會很慘的！我不能繼續傻在這裡。

「那、那個……我不需要陪睡，因為我現在要起床了。」

為了不被捲進奇怪的遊戲裡，我用力掀開被子，走下床鋪。

然而……

「用不著客氣唷～～？為了主人，我什麼都願意做喔☆」

雪音小姐一邊這麼說，一邊把雙手繞到身後，解開內衣的釦子。

「什……！」

她的胸部，就算以最保守的方式形容，也只能說非常豐滿。內衣落下的瞬間，原本受到壓抑的酥胸，在我面前如波浪般地彈跳起來。

我立刻轉頭，把她整個人移出我的視野之外。

可是雪音小姐卻主動捱了過來，把身體貼在我身上，逼迫我接觸她那豐滿的胸部。

「主人，請你對我為所欲為，盡情地調教我吧♪」

這個人是來真的……她是真心想跨過那條禁忌之線！

「我、我拒絕！這種事我做不到！」

「啊！請等一下！主人！」

我以全身力氣甩開雪音小姐的手，慌慌張張地衝出房間。

門外是長長的走廊，為了避免被她再次追上來侵犯，我拚命向前跑。

就在這時，走廊的前方，出現另一名少女。

「呼啊～～啊，早安，天真學長。」

少女對我投以滿面笑容。她也是和我住在同一個屋簷下的同居人，是雪音小姐的妹妹花鈴。

「嗯～～！」花鈴似乎剛睡醒，站在自己房間前大大地伸著懶腰——

全身上下只穿著一條內褲。

「！！？」

過於衝擊的場面使我忍不住停下腳步。她可愛又嬌小的身體，除了被內褲遮蔽的神祕三角地帶，毫無保留地展現在我面前。

我立刻伸手遮住自己的雙眼。

「妳、妳、妳為什麼沒穿衣服！為什麼不找東西遮住身體！」

「沒必要遮啊——因為花鈴……想讓學長看到嘛☆」

「唔……！」

這傢伙，完全不在乎被我看見裸體。

「吶，學長。不嫌棄的話，請盡量欣賞花鈴色色的模樣唷。」

「不！不要！別過來！不要靠近我！」

她近乎全裸地朝我逐步逼近。

「不然的話，花鈴連內褲都脫掉好了？」

而且還打算主動解除最後的防禦。

她把雙手放在內褲上，接著是一陣窸窸窣窣的衣物摩擦聲。

「唔哇啊啊啊啊啊啊啊！不要脫啦啊啊啊啊啊啊！」

我盡可能不讓花鈴進入視野之中，從她身旁跑開。

「啊！學長！你不要逃啊！」

我無視她的制止，踩著階梯往下狂衝。

我一面回頭警戒花鈴追上來，一面繼續在一樓的走廊上狂奔。

可是這樣反而更糟。

「咦……呀！」

就在我不專心看路跑步時，很不巧地，另一名女孩正好打開房間的門，來到走廊。

那是花鈴的姊姊，雪音小姐的妹妹，我的最後一名同居人——月乃。

由於我頻頻回頭向後看，所以來不及發現她的存在。

「唔哇！」

結果，我重重地撞在她身上，兩人雙雙倒在地上。

「好、好痛…………咦？」

仔細一看，我和她的姿勢，看在第三者眼裡，就像我強行推倒她似的。月乃那畫著自然妝的漂亮臉蛋，近在咫尺。

而且我的右手還軟綿綿的——摔倒時，不小心按在她胸部上了。

「對、對不起，月乃！我不是故意的！」

真是糟糕。雖然是意外，但是看起來就像我想侵犯她似的……！

我一邊道歉一邊起身，想從月乃身上離開。

但是，月乃卻主動抓住我的手。

「咦？」

「一早就真大膽呢，天真……」

她這麼說完，用力一拉。

我失去平衡，再次摔倒在地上。

這次，換成月乃把身體壓在我身上。

咦……咦？這傢伙想要幹麼？

「不過啊……如果是天真……我可以唷？」

不——！不可以——！絕對不行——！

月乃按著我的手，使我無法起身，空出來的另一隻手則開始扯自己的領結。她的眼神中帶著黏膩的熱度，很明顯是處於興奮狀態的模樣。

那眼神使我寒毛直豎。再這樣下去，我絕對會被她侵犯。

——事情到底為什麼會變成這個樣子呢？

我現在基於某種原因，不得不與這三姊妹生活在一起。和這幾個極度變態的姊妹同住在一起。

住在這個滿是飢渴慾女的家裡，過著貞操遭到覬覦的生活。在住進這個家之前，我從來沒想過，自己的人生會碰上這種不可思議的事。

然而現在回想起來，一切全是從那時候開始的。

從她們的父親委託我進行某件事那天開始。

從我與月乃、花鈴和雪音小姐同居的那天開始⋯⋯

第一章 同居人是三姊妹

有句話叫窮人總是窮忙，我認為這句話真的很有道理。

我，一条天真，每天都很早起。為了送報，我每天都半夜兩點起床前往派報社。之後以大約三小時的時間，把還沒拆的各版報紙折在一起、夾上廣告傳單，等實際送完報紙回家時，已經是早上五、六點了。接著才吃早餐、作各種準備，然後在七點半前往學校正常地上課。為了不讓成績退步，晚上還要用功念書。老實說，這樣的生活真的如死一般難熬。

若要說為什麼我的生活會這麼艱難呢？因為我家沒錢。

我父親在我和妹妹還小時，就生病過世了。光靠母親打工賺錢，無法過著安定的生活，所以我必須工作。

但是，我對自己的人生沒有怨言。我很感謝獨自把我們拉拔長大的母親，而且我努力工作最重要的原因，是為了可愛的妹妹。

「啊，哥哥，你回來啦。」

早上六點，我送完報回家時，妹妹葵起來迎接我。

我的妹妹綁著可愛的短馬尾，臉上仍帶些稚氣。再加上一百四十公分的嬌小身型，整體給人幼小的感覺。雖然她其實已經國二了，但是因為外表看起來和小學生沒兩樣，因此很能激發人的保護慾。

「我回來了，葵。妳今天難得早起耶。」

「唔……！才不是那樣呢！在這個時間起床很普通喔！我才沒有想要迎接哥哥打工回來呢！」

葵漲紅著臉，否定起我連提都沒提到的部分。看樣子，她之所以早起，是為了迎接我回來呢。明明早上很容易賴床，還真是有毅力。

「對不起啊，我這麼晚才回來。一直等我，很累對不對？」

「啥、啥？我才沒有等你呢！不要管那個了，我肚子餓了，你快煮飯吧！」

葵掩飾害羞似的推著我。

「好好好，我馬上做早餐，妳就稍等一會吧。」

「討厭，笨蛋！白痴！不要自作多情啦！真噁心！」

我一面被心愛的妹妹辱罵，一面急忙洗手，前往廚房。

在我們家，早晨基本上只有我和葵兩個人在而已。因為母親大約五點就去上班，很少有機會和我們一起吃早餐。再加上葵的廚藝是毀滅者等級的，所以都是由我做兩人份的早餐和便當。

話是這麼說，不過我會做的也都只是一些簡單的料理而已，便當菜色也是以冷凍食品為主。

由於冰箱裡有鮭魚，所以今天決定吃以鮭魚為主的和式早餐。我把鮭魚烤熟、煮好味噌湯、把酪梨和番茄隨意切塊做成沙拉，再把昨天剩下的白飯用微波爐加熱。

老實說，下班後做早餐實在是累死人又麻煩到爆炸的事。可以的話，我很想直接吃調理包就好。但是為了省錢，還有考慮到妹妹的健康，所以我不能偷懶。

我鞭策著疲憊的身體，以最快的速度做早餐。

「喂，葵，早餐好囉——」

「哼！我才不會道謝呢！謝謝！」

說了說了。她說謝謝了。

雖然我妹妹不太坦率，但是很不擅長隱瞞自己的真實心意。儘管她老是裝得凶巴巴的態度，不過光看動作和表情，馬上就能明白她真正的想法。再也沒有比她更單純的女孩了。

這樣的葵拿起筷子，說完「我開動了」，便開始啜飲我做的味噌湯。

「唔哇！這什麼味噌湯啊！完全不行嘛！高湯的用法太奇怪了吧！」

葵瞪著我，生氣叫道。

「同時用了柴魚高湯和昆布高湯，不就會變得美味好幾倍了嗎！你幹麼做這種大廚在做的事啊！你腦子有問題嗎！」

葵這麼說，轉眼間就把味噌湯一飲而盡。碗裡連一滴湯汁都沒剩。

「鮭魚是用奶油和醬油煎的，而且外皮還相當酥脆！這是什麼技術啊！到底要怎麼做才能煎成這樣啊！」

葵大口扒飯，只花了〇．二秒，轉眼間就把早餐一掃而空。

「哥哥你老是在奇怪的地方使勁！光是在旁邊看就覺得很累耶！」

葵一面抱怨，一面把茶倒入和我成對的杯子裡。這原本是情侶用的對杯，上面畫著愛心圖案，是葵買回來的。

「而且每次煮的都是我喜歡吃的菜！難道你想討好妹妹嗎？我怎麼可能會因為這點小事就被你感動呢！」

嘴巴上是這麼說，不過不知為何，葵每天都坐在我旁邊吃飯。一般來說，吃飯時不是都會坐在對面嗎？

「真是的，料理做得這麼用心，而且老是做讓我開心的事，真是不像樣的哥哥。最

討厭這種哥哥了啦！」

不對，妳絕對超級喜歡哥哥的啦。

百分之百，絕對超級喜歡我這個哥哥。因為一舉一動都是滿滿的愛喔。都是愛。

雖然嘴巴老是奚落我，但是行動完全離不開哥哥。不如說，每天黏哥哥黏到連情侶看到都會受不了的程度。這就是我家的妹妹。

「啊，對了，哥哥，這個是媽媽要給你的。」

葵收拾完餐具後，交給我一張放在桌上的便條紙。

「媽媽給我的……？咦？這是什麼？去某地的地圖？」

便條紙上畫著簡單的地圖，並在某個地方上面畫有☆記號。

「好像是媽媽的朋友那邊缺人手，所以媽媽就推薦了你。對方似乎也覺得哥哥不錯，所以媽媽要你今天放學後先去和對方打個招呼。」

「唔哇……又突然把工作塞過來……？」

那個老媽，經常不先和我商量，就直接把工作塞給我，而且大多是黑心打工。

「每次都不先跟我討論……順道一提，這次是什麼樣的工作啊？」

「細節我也沒聽說……好像只要和女孩子說說話，一天就可以拿到好幾萬喔？」

「這工作聽起來超危險的耶！」

到底是哪來的詭異打工啊？這根本是犯罪的工作吧？

「而且，和女生說話……我說過話的女生，頂多只有妳吧？如果是牛郎之類的工作，我根本做不到……」

「嗯～應該不是那種性質吧？因為是哥哥你嘛，牛郎店怎麼可能會找你這種人去上班呢？」

這種反應也太傷人了吧？

「不過，要是薪水真的很高就好了。這樣一來，說不定就能還清債務了。」

債務啊……這個詞彙讓我一頭撞進現實。

我們家之所以貧窮，不僅是因為父親早死。父親生前做生意時，借了大約一千萬左右的貸款。都是因為那筆債務，不論我們多努力工作，都還是只能過著清貧的生活。就連我和葵想念大學都很困難。

不過，要是沒有那筆債務，生活應該就能一下子輕鬆很多。不需要拚命省錢，也不必強求葵忍耐各種不便。

「說得也是……如果可以還清債務，不管是什麼樣的工作，都只能接了呢。」

為了讓妹妹將來過好日子，我非把債務還清不可。為此，我只能工作了。

「總之就盡力試試吧。」

我收起畫有地圖的便條紙，把剩下的早餐吃完。

※

我就讀的青林高中，每週一都會舉行全校集會。

我從內側口袋掏出袖珍版單字本，等待集會開始。

「喂，一条～～這種時間也在念書？你也太認真了吧w」

「不愧是用功魔人，全年級第一名的秀才就是不一樣呢～」

同學們笑著戳我的肩膀。

「吵死了，不要煩我啦。我要預習功課。」

我眼睛不離單字本，一臉厭煩地說道。

為了守護我的家，我要盡可能找到好工作，為此我必須考上好大學。再說，我原本就因為打工而壓縮到念書時間，根本沒空跟這些人閒聊。

可是同學們哪會知道這種事情，逕自繼續和我說話。

「你也太無趣了吧～和我們多聊聊嘛～？」

「是說，你還真有辦法隨時用功念書耶。是我的話，腦子一定會爆炸。」

「喂，你們不要管一条了啦。你們看那邊，有個超正的美眉耶。」

一名同學指著排在我們旁邊的低年級隊伍。

所有人都因他的話，把目光移過去。只見隊伍中有一名淺棕色短髮、眼睛又大又明亮，在人群中顯得特別耀眼的女孩。

「那不是傳聞中的女生嗎？就是那個一年級裡最可愛的女生。」

除了我之外的所有男生都很喜歡這種話題。一發現學園偶像般的女孩，大家就都興奮不已。

就在這時，那女孩也注意到我們的視線，回過頭看著我們，接著——

「——♪」

她笑咪咪地對我們揮手。

「唔哦哦哦哦哦！我不行了！超可愛的！你們剛剛看到了吧！」

「嗯！她在對我揮手耶！」

「啥！才不是對你！是對我揮手啦！」

這些傢伙是白癡嗎？光是這樣也未免太興奮了吧？

說起來我對女孩子沒什麼興趣，管她是學園偶像還是什麼的，有時間看那些女生，還不如看課本。

「喂！一条也覺得那女生很可愛吧？對吧？」

「別問我，你們這些蘿莉控。我才不管女孩子的事情呢。」

「別這麼說啦，你就好好看看嘛。除了全校集會時間，平常可是沒辦法好好觀察低年級學妹的喔？」

「就是嘛、就是嘛，你也合群一點啦。好嗎？」

真是些煩人的傢伙……完全無法集中精神用功。

沒辦法，我只好稍微配合一下他們說的話……

「好啦、好啦。嗯，確實是很可愛啦。個子不高這點有加分。」

「對吧──？真是受不了，好想有個那麼可愛的女朋友啊──」

「沒錯。真想把她當妹妹疼一整天啊。」

我裝成同意他們的樣子，隨意說些配合的話，試圖早點結束這個話題。

「……噁心。」

就在這時，後方傳來這句話。

「可以不要那麼大聲講蠢話嗎？很噁心耶！」

我回過頭，一名班上的女同學正以嫌惡的眼神看著我。她臉上似乎化著淡妝，是位讓人覺得光鮮亮麗的女生。

這傢伙……叫什麼名字？我記得是叫月乃吧……

重點是，她聽到我們的對話了？

「不、不是啦！剛才那只是在開玩——」

「囉嗦。一群礙眼的傢伙。」

那女生直接把頭撇向一旁。糟糕，我好像因誤會而被討厭了。

班上男生之間也湧起一股不安的氛圍。

「……月乃那傢伙，果然很可怕。」

「是啊。如果不那麼凶，明明就超正的。」

「她好像很討厭男人耶？聽說籃球隊的隊長也被她甩了呢……」

班上男生開始以聽不見的聲音，竊竊私語起來。老實說，我也覺得她有點可怕。

和女生扯上關係果然沒好事，還是默默念書比較有意義。反正那些光鮮亮麗的女孩子，和我都是沒有關係的人種。

不對……這麼說來，下一份工作似乎與女性有關……總覺得有點不安。我沒信心能和女孩子好好說話。

「請大家安靜——集會要開始了喔——」

正當我思考這件事時，學生會長走到講臺上。

「哦！是雪音學姊耶！不管什麼時候看，她都這麼漂亮～～」

「真是讓人受不了！真想和她交往看看！我去告白看看吧？」

「白癡，人家可是學校的偶像喔？哪會理你這種小咖啊？」

旁邊的同學們又開始說起無意義的話題。什麼學校的偶像啊？我一點興趣也沒有。

不過，這話題也很快就結束了。學生會長的一席話，使原本吵吵鬧鬧的體育館漸漸安靜下來。

學生會長見狀，緩緩開口說道：

「各位早安，那麼接下來就開始全校集會。」

她臉上浮現溫柔的笑容，開始發表言論。

我左耳進右耳出地聽著學生會長說話，嘆了口氣，接著低下頭。

老媽這次塞過來的，到底是什麼工作啊……希望我說話的對象，不是像剛剛月乃那種凶巴巴的女生……

我在心中祈禱，希望不是太困難的工作。

※

放學時分，天空染上橘紅色。

我在約定時間的五分鐘前，抵達地圖上指定的地點。

「話說回來……這裡還真是壯觀啊……」

在我眼前的，是一棟極為豪華的獨門獨院建築。散發出高級感的白色牆壁，等間隔分布的雙子柳葉窗，令人聯想起西洋建築的這棟屋子，絕對可以稱之為豪宅。

這樣一來，我就可以明白為什麼報酬可以日領好幾萬了。接下來的問題，則是工作內容究竟是什麼……

我戰戰兢兢地按下電鈴，大約三十秒後，一名男性從屋內走了出來。

那名男性臉蓄鬍鬚，以沉穩的語氣對我說：

「哎呀，歡迎。感謝你專程蒞臨。你是香織小姐的兒子吧？」

「是的。我叫一条天真。」

香織是我母親的名字。話說回來，這個人是媽媽的朋友嗎？

「好了，先進來吧。我們進屋說吧。」

那名男性領著我進入屋內，走在長長的走廊上。看到牆上的巨大繪畫與用來裝飾的水壺，這家人似乎比我預想的更有錢。

最後，我們來到貌似客廳的房間，那名男子讓我坐在沙發上。

「謝謝你專程來此，天真同學。我的名字是神宮寺肇，是ＺＧ集團的社長。」

「ＺＧ集團……！」

他突然說出口的名稱令我不由自主地瞪大雙眼。

說到ＺＧ集團，就是從食品、書籍、家電、雜貨到服飾，販售各種商品、不用說也知道的大企業。既然是ＺＧ集團的社長，那應該是非常了不起的人。

「為什麼我母親會認識像您這樣的大人物呢……？」

「我並不是什麼大人物。而且，我和香織小姐從小就認識了。」

我從來沒聽媽媽說過這種事，總覺得有點難以置信。

「那個……您想委託的工作是什麼呢？我聽說與女性有關……」

名聞天下的大企業社長特地委託我的工作……到底會是什麼內容呢？

「嗯，沒錯。我想委託你的，是與女性有關的工作。而且極為重要。」

肇先生沉重的語調，令我不禁緊張了起來，掌心滿是汗水。

「這個工作，絕對不容失敗。因此我希望你能小心謹慎地全力以赴。」

「所、所以說是什麼樣的工作呢……？」

空氣中充斥著緊張感，我不禁嚥了嚥口水。

經過了一段我以為無止無盡的沉默後，肇先生總算開口說：

「我希望你…………能成為我女兒的夫婿。」

「…………啥？」

出乎意料的發言，害我連敬語都忘了。

這、這是什麼意思……？怎麼回事……？我完全聽不懂肇先生在說什麼。

咦？所以，簡單來說就是——

「您是要我與令千金結婚嗎……？」

「誰那麼說了啊啊啊啊啊啊啊啊啊啊啊啊啊！」

「咦咦咦咦咦咦咦咦咦咦咦咦咦咦？」

肇先生不知為何突然抓狂。這是怎麼回事？我完全搞不清楚狀況了。

「唉呀……對不起，我的心亂了。看來我說明得不夠清楚呢。」

肇先生清了清喉嚨，補充說明道：

「也就是說，我希望你住在這個家裡，以臨時夫婿的身分，和我女兒同居。」

「臨時夫婿……？」

見到我訝異的表情，肇先生繼續說道：

「神宮寺家是名門望族，為了不讓女兒們有辱家門，我一直嚴格管教她們。特別是與異性交往方面，至今我都嚴禁讓她們與異性有所接觸。」

「是……」

「但是身為神宮寺家的女兒，總有一天必須嫁入其他的名門望族。屆時，假如她們不知道如何與男性接觸，將會成為家門之恥。最重要的是，女兒也會生活得很辛苦。」

的確，完全沒有與異性接觸過的經驗，就突然嫁到別人家的話，應該會相當不知所措吧。

「因此，我想到讓女兒與男性以臨時夫妻的身分暫時生活在一起，藉此習慣與男性相處。」

「原來如此……我的工作，就是擔任臨時夫婿啊……」

也就是說：就算是丈夫也不過是臨時夫婿，只是扮演丈夫的角色而已。

「不，可是……如果只是習慣如何與異性相處，有必要做到這種地步嗎……？即便沒有與男性同居，只要在學校交一些男性朋友就好了吧？」

「正如你所言，一般只要那麼做就可以了。但是我無法掌握女兒們在學校的情況。為了完全了解女兒們，而且不發生不該有的差池，我希望能讓女兒們在受到我監視的家中交朋友。而且與男性同居，對女兒們來說也算是一種新娘修行。對於終將嫁進名門的她們而言，這會是非常重要的經驗。因此，我才會選擇這種方法。」

「呃……原來是這樣啊……」

總之，我明白肇先生也有他的考量，才會選擇這種方法。

「這種事原本應該在親戚中找信得過的人來負責……但是很遺憾，並沒有適合的人選。當我為此感到困擾時，香織小姐提起你的事，所以我才想委託你這個任務。」

「咦……？為什麼想找我呢？」

雖然自己這麼說有點那個，不過我完全沒有與女性相處的經驗，因此覺得自己不適合這份工作……

「之所以選擇你，是因為我相信你的為人。就我的立場而言，把重要的女兒交給不認識的男人，除了不安，還是不安。就算只是臨時夫婿，假如對我女兒出手，那可就傷腦筋了。」

這麼說來沒錯。對肇先生來說，這應該是他最擔心的事。

「不過，我用所有手段調查你之後，明白你是非常認真且誠實的人。為了守護家人的生活，聽說你每天都努力工作對吧？不僅如此，學業成績還能維持在全校第一名。倘若是如此正直的男人，我想應該足以信任。」

「呃……謝謝您的賞識……」

看來，姑且還是以很正當的理由挑上我的。能得到大企業社長的認同，我不由得感到開心。

「而且我也在調查中明白，你是擁有健康身心的少年（遜咖處男）。如此一來，就不需要擔心你會對我女兒出手了。」

「請等一下，我剛才好像聽到很失禮的第二含意喔？」

對第一次見面的人說這種話，也未免太沒禮貌了吧？話又說回來，他到底是用什麼方法調查的啊？

「不過，雖然是臨時夫妻，你其實不需要特地做什麼。因為最終目的是讓我女兒們習慣與男性相處，所以你只要和她們在同一個屋簷下一起生活就好。」

「是、是這樣啊……？雖然這好像不是難以做到的工作……」

「對了，假如你願意接下這份工作，月薪是這個金額。」

肇先生讓我看便條紙上寫下的數字。什麼？這是什麼？個、十、百、千、萬……

「一百萬圓————？」

咦？咦？真假？真的是一百萬？單位是日幣吧？不是倍利卡（註：《賭博默示錄》中地下王國的貨幣，十倍利卡等於一日圓）。

「還有，你父親在生前留下了大筆債務對吧？假如你能與我女兒安然無事地相處一整年，除了薪水之外，我還會另外幫你償還那些債務。」

「！！？」

多、多麼有魅力的提議啊……！只要沒有債務，我家就能一口氣脫離清貧的生活，也能讓葵快樂地過日子。不僅如此，還可以用每個月的薪水買各種東西給她。比如新的遊戲，或是她一直很想看的整套漫畫書……

「好的！我願意接下這份工作！」

妹妹欣喜的表情在我腦中一閃而過，回過神時，我已經答應接下了。

僅是與肇先生的女兒一起生活，就能領到這種破天荒價格的薪水。世界上應該找不到其他條件這麼好的工作了。一想到將來變得無限光明，我的聲音也自然地雀躍起來。

「是嗎？你願意接下嗎？真是太好了。這樣一來我就能安心了。」

聽到我作出決定後，肇先生臉上浮現穩重的表情。

他緩緩起身，慢慢走到我身邊。

「不過，真的很不好意思，拜託你做這種奇怪的工作。我感到相當抱歉。」

「不！完全沒這回事！這是很有價值的工作。我會努力完成您交付的任務的！」

「嗯，我很期待——啊，對了、對了。有一件事，我要先說清楚才行。」

肇先生從後方把手放在我肩膀上，接著露出春陽般和煦的笑容對我說：

「要是你敢對我女兒出手——就死定了喔？」

咚！一把短刀狠狠插在桌面上。就插在我的座位正前方。

咦？

「假如。這只是假設……假如你對我那宇宙級可愛的女兒發情，奪走我女兒的貞操……噫噫噫噫噫天真啊啊啊啊！我一定會把你碎屍萬段喔喔屍喔喔喔喔喔喔喔！」

咦咦咦咦咦咦咦？

咦咦咦咦咦咦咦咦咦咦咦咦咦咦咦咦咦咦咦？

這大叔是怎麼回事！這大叔是怎麼回事？

也未免突然亢奮過頭了吧！原本的形象都不見了喔！

「雖然是老王賣瓜，不過我女兒可是最優雅的淑女！又可愛！又清純！而且相當標緻！完全挑不出缺點，是最棒的女兒！如果你這兔崽子膽敢……圖謀不軌的話……！我會把你沉在俄羅斯的海裡喔喔啊啊啊啊啊啊啊啊啊啊啊啊！」

「我……我知道了！」

我被大叔的魄力嚇到，反射性地點頭回應。

「呼……呼……知道就好……唉呀……意外地花了不少時間呢。那麼，既然你答應接下這份工作，也差不多該把女兒介紹給你認識了。」

肇先生恢復原本的模樣，若無其事地繼續說道。這個人好可怕。根本是雙重人格。

就在這時，從某處傳來輕快的電子聲響。

「唉呀，抱歉——喂，是我。」

肇先生拿出智慧型手機，接起電話開始說話。數十秒後，他焦急地掛斷電話。

「不好意思……我有緊急工作，必須出門處理才行。雖然很抱歉，不過我女兒就在裡面的房間，你自己過去打招呼吧。當然，我已經事先提過你的事了。」

「咦……？我、我明白了……」

雖然和第一次見面的女孩子單獨相處很尷尬，不過也不能因此拖延別人的工作。

「啊，對了。請問我要從什麼時候開始住在這裡呢？」

「嗯？香織小姐沒和你說嗎？就從今天開始喔。」

「今天？」

那個臭老媽……重要的部分完全沒跟我說……！

「順道一提，不必擔心你原本從事的派報工作。我會幫你安排，即使你不在，也不成問題的。」

既然肇先生說會安排，看來那間派報社也是ZG集團底下的公司。

「聽好了，雖然我平常很忙，經常不在家，但還是會來看看你們的狀況。記住，絕對不能對我可～～愛的天使出手喔。」

暴力大叔以凌厲的眼神瞪了我一眼後，終於從房間離去。

※

嘟嚕嚕嚕嚕嚕。嘟嚕嚕嚕嚕嘟嚕嚕嚕——喀嚓。

『你好，我現在無法接聽電話，請在嗶一聲後留言——』

「喂，老媽，別開玩笑了。」

我邊朝肇先生女兒所在的房間前進，邊打電話給老媽。當然，是為了向她抱怨。

『哎呀，被發現啦？哈囉～兒子，你今天好嗎～？』

媽媽還是老樣子，說話嘻嘻哈哈地夾雜著玩笑。肇先生似乎相當信任她，難道是因為他們都是怪咖，所以很合得來嗎？

『怎麼啦～？有什麼事嗎？』

「什麼叫『有什麼事嗎』啊！這是怎麼回事？我根本沒聽說從今天開始要住在這裡

的事耶？」

『啊～抱歉、抱歉。不過這也沒辦法嘛。其實一個星期前，我打算好好找時間告訴你的，但是又覺得很麻煩，所以就算了。』

根本不是沒辦法的事吧？再說，妳連藉口都懶得找嗎？

「是說老媽……妳和那個人是什麼關係啊？」

『哦～阿肇是我從小學就認識的朋友啦～學生時代我教過他功課，在各方面也都很照顧他。我提了當年的事要他報恩，才拿到這個工作的，所以你不能失敗喔～？』

「既然如此，至少要事先讓我知道工作內容吧！突然跟沒見過面的女生住在一起，一般哪有這樣的啊？」

『沒關係～沒關係啦！對你來說，不但能和女孩子住在一起，還可以賺錢喔？完全被你賺到不是嗎～？』

「怎麼可能啊！這可是工作耶？哪能隨隨便便地做啊。」

我才不會因為和女孩子住在一起就飛上天呢。既然能領高薪，就只能認真把工作做好才行。

『不用想得那麼複雜啦，就當成一邊打工一邊交女友吧。然後噗滋噗滋地生個小孩這樣。』

喂，妳用的狀聲詞太奇怪了吧？完全是色情場面的音效耶。

『不過，順利的話，就能把欠的錢還清了呢～兒子，就靠你囉！啊，你的行李等一下會送過去。還有什麼要說——』

『啊！媽媽！是哥哥打來的嗎？』

我可愛妹妹的聲音從手機另一端傳來。看來她們兩人都在家。接著，我聽到媽媽把手機交給葵的窸窣聲。

『喂，哥哥！這是怎麼回事！你暫時不能回家了嗎？』

葵應該已經從媽媽那邊聽說工作的事情了吧。她的聲音從話筒另一端傳來，聽起來很悲傷。

「嗯，是啊……對不起喔，葵。我有一陣子不能回家，必須住在別人家了。」

『怎、怎麼這樣……我不要……要是……要是哥哥不在的話——』

這樣啊……我不在，葵果然會很寂寞呢……

『誰來幫我做早餐啊？我完全不會煮飯啊——！』

這種事，靠自己努力克服啦啊啊啊……

『是說哥哥！你明明說好放學後會早點回來陪我玩的！哥哥是個笨蛋！你這個騙子！笨蛋混蛋王八烏龜蛋！』

唔哇啊……妹妹大人超生氣的。

「對、對不起啦……不過我這麼做也是為了妳喔？所以，妳不要覺得寂寞啦。」

『誰、誰會覺得寂寞啦！我只不過是每兩分鐘想哥哥一次，想和哥哥一起寫功課，和哥哥一起玩遊戲，還有和哥哥睡在一起而已啦！』

嗯，五星級的寂寞呢。

是說這孩子，會不會太喜歡我啦？我不禁有點擔心她的將來。

『哼！我再也不要管你了！像你這種哥哥……像你這種哥哥……你就好好注意身體健康吧！』

儘管生氣，卻還是關心我的身體，葵粗魯地掛掉電話。這孩子，真是太可愛了……

雖然說是為了工作，但是哥哥突然不能回家，讓妹妹一個人孤獨地待在家裡，或許有點可憐呢。不過，這裡離我家不算遠，明天找時間回家一趟，好好安慰一下她吧……

正在心裡如此盤算時，我來到了走廊盡頭。眼前是一扇裝飾華麗的門，依照肇先生的說法，他的女兒就在這間房間裡。

我姑且先用中指關節敲了敲門，但是沒有反應。應該是沒聽見吧？

既然如此，我只好主動開門了。

今後要住在一起的，究竟是什麼樣的人物呢？我做了一個深呼吸，試圖讓因緊張而加快的心跳平靜下來。

接著，我緩緩推開門。

「──哦哦……」

門的後方，是寬敞又豪華的空間。

時髦的沙發、玻璃製的桌子、大尺寸的電視機……各種看起來非常高級的家具與家電，巧妙地配置在寬敞的房間裡；間接照明在房間中營造出高尚的質感，就連房間角落的觀葉植物，也醞釀出雅緻的氛圍。

一眼就看得出來是富豪的房間。該說是格調還是氣場的緣故呢？和我家的感覺截然不同。從今天起，我也要住在這樣的房子裡……想到這裡，我不禁有點膽怯。

「哇啊！好好吃唷！」

正當我被房間的豪華裝潢震懾，對所謂的富豪人家產生敬畏之情而瑟瑟發抖時──

少女的聲音傳入我耳中。

「姊姊們，這個真的是自己親手做的嗎？比店裡賣的還好吃耶！」

「呵呵，太好了。我對今天的作品還挺有自信的呢～」

「花鈴也偶爾自己做做看嘛。這種程度的點心，做起來其實很簡單喔。」

「咦～不要。花鈴是專門負責吃東西的！」

聲音的主人，是坐在沙發區的三位美少女。

她們圍繞在桌邊，桌上放有高雅的茶點組合，在電影中常見的新藝術風格多層點心架上，擺滿了各種漂亮又精緻的蛋糕、馬卡龍和司康等看起來很昂貴的西式點心。

三名美少女正優雅地享受茶會。

「……咦？三名？」

為什麼有三名女孩子？朋友？不對，我剛才聽到「姊姊們」的單詞。難道說，這三人都是……？

我充滿疑惑地看著她們。這樣看起來，她們三人的五官的確有點相似。而且三名少女都很有名門千金的氣質，與這豪華的房間完美地融為一體，和在學校看到的那些女生不一——

想到這裡，我不由得全身僵硬。

「咦……？」

三人中，好像有一名眼熟的女孩。

坐在正中間，正在吃馬卡龍的少女。那側臉，我好像經常看到……

「啊，對了。我去拿一下手機……咦？」

那名少女站起身，朝我所在的門口走來。

當然，我們兩人的視線直接對上。四目相交的瞬間，我的懷疑變成了肯定。

我們看著彼此的臉，驚訝得無法動彈。最後——

「「啊————————！」」

我們齊聲慘叫。

對方正好是今天早上和我有點小摩擦的女孩。

以討厭男生聞名，名為月乃的同班同學。

※

「呃……我是一条天真，從今天起，將與大家生活在一起。請多指教。」

我有禮貌地向坐在沙發上的三人鞠躬，簡單地自我介紹。

正在開茶會的這三人，果然全是肇先生的女兒。也就是說，我工作上直接接觸的對象，將會是這三人。

話說回來，女兒不只一個嗎？這樣一來，我不就成了三姊妹的臨時夫婿，要和她們一起過夫妻生活了嗎……？這樣太奇怪了吧！這不是犯了重婚罪嗎！我可沒聽說一次要和三個人結婚啊！

「我們才要請你多多指教呢，天真學弟。」

正當我在心中大聲吶喊時，三姊妹的其中一人帶著微笑對我說：

「我是長女神宮寺雪音，和你一樣就讀青林高中，今年三年級，同時擔任學生會長。今後就讓我們好好相處吧。」

雪音小姐簡單地自我介紹完，非常有禮貌地向我行了一個禮。直達腰際的黑長直髮與宏偉的胸部，隨著她的動作晃動不已。從表情和態度看來，都帶著非常優雅又溫柔的長女風情。

「啊哈！和男性同居，讓人有點緊張呢。」

另一名少女在不知不覺間來到我身邊，站在近到可以直接抱住我的位置。

那女孩留著短髮，身高比我矮上許多。

「人家是一年級的花鈴。是三人中年紀最小的，所以要好好疼人家喔？學長♪」

「啊，好的。我明白了……」

花鈴小姐自下而上地抬眼看著我，充滿活力地笑道。這樣的距離太近了，我不禁有點緊張。

突然這樣撒嬌，是因為個性淘氣的緣故嗎？圓滾滾的大眼睛，看起來也既活潑又純真無邪。

「我絕對不會認同。我才不要和這種傢伙住在一起！」

雖然是偶然，但原本就認識我的女孩——神宮寺月乃反對地說道。

她從剛才就完全不肯靠近我，應該說，她一副很想把我轟出去的樣子。

「我早就猜到會變成這樣，所以才一直反對。練習結婚生活什麼的……都是因為爸爸說：『我一定會找到絕對不會對妳們出手的紳士。』我才勉強答應的；結果居然要和同班同學同居？這未免也太荒唐了。」

月乃玩弄著半長的金髮，不高興地皺起好看的眉頭。她抹著淡色口紅、稍微上了一點眼影的模樣，很有時下女高中生的感覺。被這樣的她一瞪，不擅與女生相處的我看起來不免怯懦。這樣的話，根本無法接近她。

可是，事情這樣可就糟了。同居一事遭到月乃反對的話，工作的事說不定會泡湯，這樣一來，還清債務的夢想不但會成為夢幻泡影，而且還會讓我們全家失去收入的！

「喂，等一下。妳好像誤會什麼了。我完全沒有非分之想喔！之所以住在這裡，完全是為了工作。所以妳不用擔心啦。」

我接下這個工作，完全是為了賺生活費與還債。就算三姊妹全是學校裡超有人氣的美少女，我也不會對她們起邪念。我必須確實地讓她理解這一點。

「誰知道呢。你今天早上才在全校集會時說過很噁心的話不是嗎？說什麼想把花鈴當妹妹什麼的……和那種變態住在一起，我們的人身安全可是會有危險的。」

「唔……！」

集會的時候……難道說那時講的學妹，就是花鈴嗎？如果是這樣，月乃會生氣就不意外了。畢竟這傢伙本來就討厭男人，自己的妹妹被人用有色的眼光看待，一般當然會覺得噁心了。

「咦～天真學長私底下是那樣看花鈴的嗎～？」

花鈴笑咪咪地端詳著我。這孩子八成只是覺得好玩吧？

「才、才不是呢！我是配合其他人才那樣說的……我根本就沒那麼想！」

「誰相信啊！我要打電話給爸爸，叫他不准你進我們家一步！」

「什麼……！」

糟糕！要是她真的那麼做，我會失業的！

「好了，月乃，不可以這麼壞心眼喔～？」

雪音小姐制止道。

「天真學弟也說了，他不會做奇怪的事，我們多少也該相信他的話呀。」

「雪姊妳太善良了啦。那當然是為了討好我們才說的謊話啊，做壞事的人全都是那樣喔。」

不知不覺間，我已經被當成罪犯看待了。

「和這種男人當夫妻同居，我做不到。吶，花鈴，妳也不想對不對？」

想增加盟友的月乃看向花鈴，沒想到花鈴卻若無其事地回答：

「咦？花鈴無所謂喔？這個人好像很有趣，花鈴想和他住在一起看看呢～」

「啥？妳認真的嗎？」

「而且月乃姊妳其實也很期待吧？妳房間書櫃裡的那些和男人同居、有點色色的少女漫畫──」

「花～～～鈴～～～！」

月乃用力捏著花鈴的臉。

「好凍啊，接接，會凍啦～～」

「我才沒有那種書！而且那種漫畫的內容都是虛構的喔！」

二對一，處於劣勢的月乃不小心自己說溜了嘴。

就在這時，雪音小姐又乘勝追擊說：

「月乃，天真學弟是父親特地找來的人選，所以不能對他太沒禮貌喔？月乃反對得太激烈的話，父親也會很傷心喔？」

「這，我……」

似乎被戳到痛處，月乃不甘心地閉上嘴。她應該也不想因為任性而造成父親的困擾吧。雖然她現在也依然用惡狠狠的眼神瞪著我就是了。

沉默了數十秒後，她總算憤憤地開口說：

「…………好吧。雖然我有一百萬個不願意，但是勉強認同你可以住在這裡……」

「真的嗎？太好了……謝謝妳！」

「嘎？吵死了！可以不要看向我這裡嗎？要是懷孕了怎麼辦？」

就算答應讓我住下來，看來還是不改惡劣的態度。

「不過，要是你敢惹事，我會立刻向爸爸告狀喔！」

「是、是……我會銘記在心的……」

月乃豎起原本就向上偏的眼梢瞪著我。不妙，這眼神，是認真的。

「那麼就再次……請多指教了，天真學弟。」

雪音小姐對我露出女神般的笑容。因為是長女嗎？她身上的姊姊氣場非比尋常，而且還非常溫柔。

「雖然說你應該已經知道了，不過你是來陪我們做『新娘修行』的喔。所以在這一年裡，我們會把你當成真正的夫婿，為你努力付出。所以希望你也把我們當成真正的妻子看待喔。」

「好的！我會努力成為各位的助力的！」

作為工作上的客戶，我想和她們建立良好的關係。我以這種心情向她們低頭致意。

「天真學長，你要好好教導花鈴，各種關於男人的事喔？」

「好的！呃……花鈴小姐。」

「不用那麼客氣啦～就算是工作，也不可以那麼一板一眼喔。」

「啊，那……花鈴，今後請多指教。」

「嗯！請多指教♪」

花鈴露出天真無邪的笑容。

肇先生說的沒錯，她們全都是又可愛、又清純、又標緻，而且又優雅的淑女。

事到如今，我總算開始感受到和等級這麼高的女孩子們一起生活的壓力。但是為了家人，我也只能硬著頭皮上了。我一定要順利過完臨時夫妻的生活，把債務還清！

「月乃小姐，也請妳多指教了！」

「啥？」

我下定決心向月乃打聲招呼，但她卻用凶狠的眼神瞪著我。啊，好可怕。她這樣超恐怖的。

「月乃，要好好說話才行喔？」

雪音小姐溫柔地開導她。

也許是因為拿姊姊沒轍吧，月乃心不甘情不願地點頭說：「好啦……」接著重新對我打招呼說：

「對不起啦。今後請多指教……以不相干的外人身分。」

妳完全沒有指教的意思吧？

「還有，也不要叫我小姐。被同班同學這樣叫，感覺很奇怪。」

「啊，好……我知道了……那我就不這樣叫了。」

如此這般，我開始了與神宮寺家三姊妹同居的生活。

※

和三姊妹打過照面後，雪音小姐帶我認識整座宅邸，接著我進浴室洗澡，消除一整天的疲勞。然而不愧是豪宅，浴室也大到和我家的完全不能相比。不過也因此，讓我有種去澡堂的感覺，可以盡情地泡澡，緩緩消除疲勞。

洗過澡後，我們四人聚在一起吃晚餐。

我從浴室出來，前往飯廳時，三人都已經就座了。月乃和花鈴坐在自己的座位上，雪音小姐正在把料理端到餐桌上。

「對不起喔，天真學弟。今天沒什麼食材，只能做這種程度的料理。」

雖然雪音小姐這麼說，但是她端上桌的，是西班牙海鮮燉飯、照燒排骨、高麗菜捲和焗烤等，在我家是絕對看不到且超花時間的料理。

「呃，不……這種程度的料理就很豐盛了……」

我生平第一次親眼看到這麼豪華的料理。雪音小姐的廚藝，根本高超到不需要做新娘修行的程度了。

我與雪音小姐一齊坐下。雪音小姐坐在我正對面，花鈴坐在我旁邊，月乃則坐在斜對角的位子上。

四人一起說「我開動了」之後，我用湯匙舀起分到自己碗裡的海鮮燉飯，送入自己的嘴裡。

「唔哦！這是什麼？怎麼會這麼好吃！」

太過美味，使得我不禁叫道。

蝦子和蛤蜊等海鮮的甘甜滲入米飯中，一咬下去，立刻在口腔中擴散開來。

也許是因為還加入了檸檬汁與香菜作為調味吧，清爽的風味使得口感更有層次。毫無疑問，這是我目前吃過的食物中，最好吃的料理！

「呵呵呵～很厲害對吧？花鈴可是天天吃雪音姊的料理喔！」

花鈴得意洋洋地說。這廚藝的確非常驚人，但為什麼是花鈴在得意啊？

「呵呵，因為我是為了天真學弟，而努力做的喔？」

坐在我對面的雪音小姐露出如真正的妻子般的微笑。儘管我打算稱讚她的廚藝，但她卻給予令稱讚者感到開心的回應。這種隨時幫襯男性的會話能力，真是太了不起了。

「天真學弟，廚房裡還有很多，請盡量吃喔。」

還有很多……？這麼好吃的料理，我可以盡情吃到飽？

可以盡情地吃豪華料理的生活。對於從小窮到大的我來說，這可說是求之不得的美夢啊……如果能得到這種美好的回憶，和女孩子住在一起，說不定也沒什麼不好……？

不！不行！我不可以因此感到飄飄然！我是為了工作才來到這裡的。不能貪圖逸樂而忘了這個目的。

我的工作是和她們住在一起，讓她們習慣與男性相處。為此，我必須在某種程度上和她們相處得很融洽才行。必須和她們多聊天，拉近彼此心靈上的距離。

「雪音小姐，妳的廚藝非常好呢。是特地學的嗎？」

「嗯～～我沒有特別去學喔。因為基本上都是由我做菜，可能是在想菜單時，不知不覺中增加了很多變化吧。」

「好厲害……這種事我就做不到了。」

「天真學長，你平常會做菜嗎？」

「嗯，我只會很普通的。花鈴妳呢？」

「花鈴只要一做菜，食材都會莫名其妙地化為灰燼喔。所以花鈴只負責吃！」

「真是的。妳也多少該學一點啦。」

雪音小姐這麼說完，兩人發出一串銀鈴般的笑聲。

很好，就是這樣。雪音小姐和花鈴的反應都不錯。對不曾和女性交談的我來說，能和她們這樣對話，可以算是做得很不錯了吧。

問題是，最後一人……

盯著電視，完全不理睬我的月乃。

「吶，花鈴，幫我轉臺。連續劇馬上就要開始了。」

「咦——可是花鈴想看下一個節目啦～」

「反正妳想看的八成是奇怪的搞笑節目吧？那種節目錄下來事後看就好了啊。我必須今天看完，明天才能和大家討論劇情。」

「花鈴也想第一時間看啊。人家從早上就開始期待了耶。」

「不——行。這是姊姊的命令。快點把搖控器交出來。」

「月乃姊好壞！妳這是濫用職權！」
「啊！等一下好像要播動物特輯喔～？」
「「是嗎？真沒辦法。只好看那個了。」」
對上感情很好地吵起架的月乃與花鈴，雪音小姐巧妙地安撫兩人。
咦？這樣不太妙吧？三姊妹聊開的話，我不就被冷落在一邊了嗎？
這樣不行。我必須盡快在這三姊妹中取得一席之地。
就算月乃討厭我——不對，正因為她討厭我，我才必須積極地和她說話，縮短心靈上的距離！
「那、那個啊，月乃，妳剛才想看的是哪齣連續劇啊？」
「…………」
月乃以沉默回答我的問題。
「為什麼妳只無視我一個人啊！」
這是霸凌！這完全是霸凌！
「咦？你在這裡啊？對不起～我完全沒發現你的存在。不好意思，你可以滾出這裡嗎？這間屋子是給家人住的。」
「我連人類都不算嗎？妳就這麼討厭我嗎？」

「吵死了！話說，可以不要和我講話嗎？只要跟你住在一起就行了吧？所以可以不要隨便和我扯上關係嗎？」

「唔……這麼說是沒錯啦……」

肇先生也說過，我不需要特地做什麼。但是，假如我們一直無法和睦相處，過著井水不犯河水的生活，那麼我住在這裡不就沒意義了嗎？身為男人，怎麼可能受得了這種狀況呢。

「月乃，妳這麼凶，天真學弟很可憐耶。」

「因為這傢伙很噁心啊。他今天也一直用變態的眼神看著花鈴喔？」

就算雪音小姐溫柔地為我解圍，月乃仍然半眯著眼睛瞪我。也許是因為她原本就討厭男人吧，她對我的反感似乎升高到極點。

「總之你不要隨便找我說話。我也會當你不存在的。」

她話一說完，便開始用餐。

從那之後直到晚餐結束為止，月乃徹底實踐了她的宣言，完全不與我有往來。即便是說話，對象也只限雪音小姐與花鈴，而且一吃完飯就立刻回房。她可能真的很不願意與男性共處一室。

「天真學弟，真對不起，月乃的心情似乎很不好……」

「但是天真學長，你不必太介意喔，月乃姊對其他男生也都是這樣。」

「是、是嗎……對其他男人也……」

看來就連姊妹們都知道月乃有多討厭男人。

但是對我來說，這才是傷腦筋的地方。

假如月乃討厭所有男人，我就必須想辦法做點什麼才行。假如和我同居過後，月乃仍然討厭所有男人的話，肇先生就會懷疑我存在的意義，而且說不定會因此不幫我還清債務。只有這件事，非避免不可。

可是，對於渾身帶刺的月乃，我到底該怎麼做，才能和她增進感情呢……

一想到坎坷的將來，我沉重地大嘆一口氣。

※

用過晚餐後，我被帶到神宮寺家為我準備的房間，直接倒在床上。

這房間比我老家的房間大上兩倍，房間裡不但有寬大且高級的床鋪，甚至還有沙發、電視機、電腦和家用遊戲機。

尤其是那張床，真的是太棒了。我至今從來沒睡過那麼柔軟的床墊和被子。再加上突然開始與女孩子同居，耗損了許多精神。因此，儘管是初次到來的新環境，還必須煩惱與月乃增進情誼的方法，我還是一下子就沉沉地睡著了。

隔天早上，我因某種不尋常的感覺而醒了過來。

「…………嗯？怎麼搞的……？」

總覺得呼吸有點不順暢。我疑惑地朝下半身的方向看去，結果——

「啊，天真學弟，你醒啦？」

雪音小姐正坐在我身上。

「咦……？」

「早安，天真學弟。今天天氣很好呢。」

身穿便服的雪音小姐低頭看著我，笑著對我道早安。

她正以騎馬般的姿勢坐在我的腰部一帶。落在身上的體重很舒服，她大腿的溫度與有些豐腴的肉感，透過被子傳到我身上。

「呃……雪音小姐，請問妳在做什麼？」

「做什麼？當然是來叫你起床囉～男人都會希望女孩子叫他們起床對吧？」

哦哦，是這樣啊……這麼說來，我是為了陪她們練習婚後生活，才住進這宅邸的嘛。所以雪音小姐是立刻以太太的身分來叫我起床的吧。

不過，等一下。

一般來說，用這種方式叫起床時，都是坐在腹部的吧？

為什麼她是騎坐在我胯下的位置上呢……？

「好了、好了～快點起來吧～」

「！！？」

不只如此，她還輕輕晃動身體，試圖把我叫醒。

晃動身體時，把上衣撐得老高的巨乳也跟著搖晃不已，而且臀部還不停磨蹭我的重要部位——

「雪、雪音小姐！請別這樣！我已經醒了！我要起來了！」

必須趁大事不妙前，讓她停止動作才行。

「真的嗎？那～～來。」

雪音小姐朝我伸手，做出「拉我坐起來」的動作。

我尷尬地握住她的手，坐了起來。

才剛起身，雪音小姐就把我的頭摟進她懷裡。

「哇呼？」

「一下子就起床了呢～好棒好棒♪」

雪音小姐把我的臉埋進自己豐滿的胸部間，以纖細的手指溫柔地輕撫我的後腦勺。

「可以確實起床，天真學弟真是了不起，好棒棒喔～～」

細瘦的手臂不知道哪來的力量，把我用力固定在她懷裡。我的身體與雪音小姐緊貼在一起，水果般香甜的女孩子氣息刮搔我的鼻腔，臉也因此埋得更深了……

「雪音小姐！妳幹麼突然這樣啊！」

恢復理智的我，急急忙忙逃開她的擁抱。

「咦？因為你很快就起床了，所以我想稱讚你啊。」

「不對，只因為早上起得來就稱讚……未免太誇張了吧……」

小學生也不會因為這種事被讚美。

「可是我做了很多功課，男性都覺得能寵溺自己的女性很棒不是嗎？」

「咦……？」

「所以我想為你努力付出，用力寵溺你嘛。因為我現在是你的妻子啊。」

「……！」

雪音小姐露出充滿母愛的溫柔微笑。她是真心打算在這同居生活中，澈底成為我的妻子嗎……？

但是，這樣不行。絕對不行。

肇先生強烈警告過我，絕對不能與三姊妹有不純潔的行為。我只能普通地與她們住在一起。完全不能有任何身體方面的接觸。

再說，這種叫人起床的方式，本來就完全不行。要是被其他人知道了，我肯定會被開除的。

必須告訴雪音小姐這麼做很危險，請她不要做出太逾越的舉動才行。

「雪音小姐……雖然我們是臨時夫妻，但這樣還是太過頭了。請妳不要做出這種有太多肢體接觸的舉動。」

「會嗎？這樣很普通喔。而且為了滿足將來結婚的對象，我想事先好好練習。」

雪音小姐以堅定的眼神看著我。

「我要成為能取悅丈夫的完美妻子！所以我會盡全力寵溺你的！所以……你也要盡量對我撒嬌喔？」

「唔！」

雪音小姐把臉湊到我面前，以甜膩的口吻說道。

聲音中帶著嫵媚，使我不由得心臟狂跳。

「那我去準備早餐了。等你換好衣服，就下來吧。」

雪音小姐說完便笑著走出房間。

「啊，可以順便把花鈴也帶過來嗎？今天放假，我想她應該還在睡。」

我一時呆立在原地，無法應聲。

※

我換好衣服，照著雪音小姐的吩咐，前往飯廳。

「啊啊，嚇死我了……真是嚇死我了……」

沒想到雪音小姐會用那種奇怪的方式叫我起床，而且還那樣抱住我。

就我的立場來說，那種事是絕對不能做的。要是被肇先生看到了，我肯定會立刻被開除。我要好好反省，確實作好防範，以免今後又陷入讓人懷疑我清白的情況。

不過，雪音小姐比我以為的更大膽呢。不論是那種叫人起床的方式，還是緊摟住人的行為，總覺得她很愛肢體接觸呢。就深閨中長大的千金來說，似乎有點不尋常。

她一定是非常想練習結婚生活吧。考慮到雪音小姐將來會嫁入名門，她一定很想努力練習如何取悅結婚的對象。

話是這麼說，但是以我的立場而言，不能陪她練習到那種程度。而且很可能會被肇先生發現，下次就斷然拒絕她吧。

「……啊，對了，我得叫花鈴起床。」

我想起被雪音小姐託付的事，看向走廊一角的房間。我在昨天參觀神宮寺家時，得知那是花鈴的房間。

房門半開著，沒有關緊。我以不會看到房間景色的方式，從外頭呼喊花鈴。

「喂──花鈴，妳醒了嗎──？」

然而房間裡沒有任何回應。看來就像雪音小姐說的，花鈴還沒起來。

「花鈴──！雪音小姐要我叫妳起床喔──！」

我不斷叫著花鈴的名字，但是她完全沒有醒來的意思。

「這樣一來，我只好直接叫她起床了……？」

雖然我很不想進女孩子的房間，但是不管我在房外如何呼喚，花鈴都完全醒不過來。我稍微思考該怎麼辦才好。

既然雪音小姐要我叫花鈴起床，就表示我可以進花鈴房間吧？而且房門本來就是開著的，只要不亂看亂動房間裡的東西，就算進去，應該也不會被責怪吧。

我作出結論，略帶遲疑地打開房門，踏進花鈴的房間。

「喂──花鈴，該起床了喔──？」

我一面這麼呼喚，一面朝設置在房間深處的床鋪走去。

「呼……呼……」

花鈴把被子踢到一旁，正呼呼大睡。她穿著連身裙般的前開式睡衣，米黃色的布料帶著光澤，胸口的蝴蝶結也很可愛。

不過比起睡衣，有個東西吸引人的目光。

那就是——完全露出來的底褲。

也許是睡著時一直滾動吧，她的睡衣裙襬大大地掀開，底褲整個露在外面。鑲著荷葉邊、包覆著花鈴小巧的屁股，有許多小皺褶的粉紅色內褲。

看到不該看的東西，我的腦袋頓時停止了思考。

然而就在此時，花鈴卻在這種最糟的時間點醒來。

「呼啊～啊……天真學長，早安～～」

花鈴拉著長音對我道早安。她完全不感到羞恥地，以內褲被看光的姿勢，對我露出睡呆的笑容。

我把頭撇向一旁，迅速提醒道：

「花、花鈴！妳的衣服！把衣服穿好！」

「咦……？啊！」

經我提醒，花鈴總算意識到自己身上的狀況。她急忙將睡衣裙襬拉好，小臉漲得通紅看著我。

「………天真學長，你看到了？」

「呃，那個………看到了一點點……」

就算想否認也沒用。應該說，在提醒她把衣服穿好的時間點，就已經確定我看到她的內褲了，於是我只能據實回答。

「偷偷闖進女孩子的房間，而且趁花鈴睡著時偷看人家的內褲……天真學長，你是變態吧？」

「才、才不是！妳誤會了！我只是來叫妳起床——」

「什麼？想找藉口嗎？都看到人家的內褲了。」

「不，那個……對不起……」

我看到花鈴的底褲是事實。關於這點，我必須道歉才行。

我一低頭道歉，花鈴便「唉……」地長嘆一口氣。

「算了。花鈴的心胸很寬大，所以無所謂。不過相對地——來吧。」

「？」

只見花鈴躺在床上，朝我伸出雙手。我莫名其妙地呆站在那裡。

「看不懂嗎？就是要天真學長幫花鈴起床啊。」

「啥？」

花鈴突然作出不知所云的要求。

「花鈴早上很難醒，一個人爬不起來。所以天真學長，你要幫人家起床喔？」

只見花鈴臉上露出惡作劇般的笑容，以可愛的模樣說道。

「花鈴要先說，學長沒有拒絕的權利喔？這是你看到花鈴內褲的懲罰。而且這也是學長的分內工作之一。」

「工、工作……？」

為什麼叫花鈴起床是我的工作呢……？

「因為花鈴做過功課了喔。男人都喜歡會對他們撒嬌的女生對不對？也就是說！為了成為好太太，就必須盡情對男生撒嬌！」

花鈴的理論非常極端，但是我沒辦法立刻否定她的說法。因為，被可愛的女孩子撒嬌，絕大多數的男人確實會很開心……

「所以花鈴會一直對學長撒嬌喔♪作為工作的一環，學長也有義務讓花鈴撒嬌。」

「這是什麼亂七八糟的理論啊？」

她的說法太跳躍了。

而且和雪音小姐是完全相反的理論。

花鈴認為可以透過對我撒嬌來取悅男性。雖然我也覺得她只是想偷懶而已，不過這種說法確實有理。在這段臨時夫妻的生活裡，雪音小姐和花鈴不僅想要習慣與男性相處，還打算努力成為完美的妻子。

也就是說，我被開除的風險又增加了。

「來吧，天真學長，快點幫花鈴起床～」

「真是的……下不為例喔……」

其實我很想拒絕，但這次我先看到她的底褲，使我理虧在先。再說，我只是幫花鈴起床而已，不是要做奇怪的事。

我抓住花鈴的雙手，用力將她從床上拉起。

花鈴猛然起身，撲進我懷裡。

「嘿——！」

「哇！」

花鈴把小臉埋在我胸口。

「啊哈！學長的身體好溫暖喔——♪」

與剛才雪音小姐在一起時，是完全相反的狀況。

雪音小姐要寵我，花鈴要對我撒嬌。兩人唯一的共通點，就是很愛做肢體上的接觸。如果她們一直這樣，我會很傷腦筋的。

「等一下！不可以這樣！花鈴！快放開我！」

「咦？人家不要。就這樣帶我去飯廳嘛～」

這傢伙，是真的想澈底對我撒嬌。

「不可以！拜託妳自己走路啦！妳這樣根本像廢人吧！」

「咦——？有什麼關係？花鈴想被公主抱。啊，請先帶人家去上廁所。還有，要餵花鈴吃早餐喔？然後幫花鈴刷牙、梳頭，整理上學的東西、每天登入手遊拿獎勵，還有……要代替花鈴找工作喔♪」

「妳什麼事都不想自己做吧！」

「那不然，至少要幫花鈴上學？」

「這個『至少』的要求本身就太高了啦！」

最後，我只能抱著一直撒嬌的花鈴，將她帶到飯廳。

※

神宮寺家是棟兩層樓的建築，二樓是我和三姊妹的房間，一樓是公共空間。

我帶著花鈴下樓時，雪音小姐已經在做早餐了。煎蛋與培根的聲音和氣味，遠遠地從廚房傳入飯廳。

「早安，花鈴，早餐馬上就好了喔～」

「耶——！謝謝雪音姊！」

雪音小姐溫柔地對妹妹說道。花鈴放開我，直接在自己的座位上坐下。

「天真學長，快點坐到花鈴旁邊。」

「哦，好，我知道了。」

我依照花鈴的要求，在她旁邊坐下，然後喝起準備好的果汁。

「天真學弟也稍等一下喔。」

「好的，謝謝妳。」

對於每天送完報紙後，必須連妹妹的份一起做早餐的我來說，起床時有人幫忙準備早餐，是足以開心到飛上天的事。雖然理智上知道這只是工作，但心情上還是開心到快要忘記這件事的程度。

「呼啊～～早安～～」

「早安，月乃。」「早安——」

聽到聲音轉過頭去，便看到月乃睡眼惺忪地朝這邊走來。雖然如此，但是嘴上已經塗了唇膏，睫毛也刷過了。看來是在自己房間化完妝才過來的。

「早……早安，月乃。」

想起她昨天的態度，我有點尷尬地打招呼。

「嗯！你還在啊？」

月乃立刻露出嫌棄萬分的表情，讓我覺得有點受傷。

「當然在啊……因為我會在這裡住上一年嘛。」

「哼～是喔。算了，反正你在不在都沒差啦～」

這傢伙，是真的打算照昨天說的，澈底無視我的存在嗎……？

就在這時，雪音小姐從廚房走了過來，看著月乃的臉，發現一件事。

「咦？月乃，這唇膏的顏色真好看呢。是在車站前的店買的嗎？」

「啊，看得出來嗎？沒錯、沒錯，這是那時候的限定商品。雪姊想用的話，我可以借妳喔～」

「真的嗎？謝謝～我也有點想用用看呢～」

「啊！雪音姊好賊喔！花鈴也要用——！」

「是可以啦……不過花鈴，妳昨天偷穿了我的運動服對吧？先把衣服還來再說。」

「啊，被發現了嗎？因為花鈴忘了洗自己的運動服嘛。」

「真是的，不要隨便拿別人的東西啦～妳要趁今天把衣服洗乾淨喔？因為我下週一有體育課。」

月乃一來，三姊妹立刻和樂融融地聊起天。

唔……我又無法加入對話了。再這樣下去的話，我會變成這個家的邊緣人的。

雖然說像雪音小姐或花鈴剛剛那樣，一個勁地與我作肢體接觸讓人很傷腦筋，但是被冷落在一旁就無法完成工作了。為了保住「讓三姊妹習慣與男性相處」的這份工作，我必須與她們保持適當的距離才行。

就算硬來，我也必須加入對話！

「那、那個啊！月乃！說到體育課，妳們女生下次要上什麼？男生是上足球——」

「嗄？你問這個幹麼？真噁心！」

嗯，說得也是。硬是插嘴也只會讓人覺得很煩而已。比賽結束了啊。

「雪姊，妳們先吃吧。我等妳們吃完再吃。」

「咦？可是早餐馬上就要做好了喔？」

「沒關係啦。因為我不想和那傢伙一起吃飯。」

月乃以塗著指甲油的手指指著我說道。

……看來她打算澈底避開我呢。

「話說回來，應該是你迴避我們相處的時間吧？因為你才是外人啊。」

月乃說完，拿起桌上的杯子。

……啊，喂，等一下，那個杯子是……

「啊，月乃……！」

「咦？什麼？怎麼了嗎？」

雪音小姐出聲阻止時，已經來不及了。

月乃已經把我杯子裡的果汁全喝完了。

「啊……？」

我忍不住發出奇怪的聲音，半張著嘴看著月乃，僵在原地。

「啥？幹麼啦？」

月乃發現我的視線，瞪著我說道。

雪音小姐躊躇地開口說：

「呃，月乃……那個杯子，天真學弟剛才用過了……」

「嗯……？」

經人指點過了幾秒之後──

月乃的臉漲得通紅。

「咦……？咦……？咦————？」

「對、對不起……因為還沒買天真學弟的杯子，所以就先拿妳讓給我的杯子來給他用了……」

即便雪音小姐道歉了，但月乃似乎完全沒聽進去。

也許是對我感到憤怒吧，只見月乃渾身發抖，臉紅到像快燒起來似的。然後——

「啊哈！姊姊和學長間接接吻了呢～」

花鈴的一句話，讓她爆炸了。

「～～～～～～～～～！」

喀！咚咚咚咚咚咚咚！喀嚓！砰！

月乃把杯子重重放在桌上，迅速衝上樓，回到自己房裡。

「…………」

呃，這……真的討厭我討厭成這種程度嗎……？嗯，我覺得打擊有點大。話說回來，被她討厭到這種程度，我真的有辦法與她同住在一起嗎……？

「啊、啊哈哈……那個，對不起喔？天真學弟……」

「天真學長，加油喔！」

雪音小姐向我道歉，花鈴則是莫名其妙地幫我加油。

看來，想和月乃好好相處，是極為困難的事。在與她這極為短暫的交流中，我澈底明白這個任務有多艱鉅。

※

「果然，月乃是唯一的問題嗎……」

吃完早餐，我一面走回自己房間，一面思考該如何與月乃相處。

雖然才剛同居，但是我已經無法忽視與她之間相處的問題了。

雪音小姐和花鈴的話，應該沒什麼大問題吧。雖然我很在意她們肢體接觸太多這一點，但是今後應該可以好好相處下去。

只有月乃，假如不想方設法拉近與她之間的距離，就連繼續住在這個家，可能都會有問題。

再說，我的工作是在這個家住一整年，協助三姊妹習慣與男性相處。如果沒辦法與月乃好好相處，就沒辦法達成任務。

「沒辦法……還是和她談談看吧。」

為了拉近距離，首先該和她兩人單獨談談。

但是，要談什麼好呢？就算直接說：「讓我們當朋友吧！」我也不覺得她會接受。更何況，不論我打算說什麼，她八成都會把我罵到狗血淋頭。一想到這裡，我就覺得備感壓力。

但是，這份工作關係到全家人未來的生活。為了妹妹，我不能逃避。一定要想辦法與月乃好好相處。

我一面思考這些事，一面爬上樓梯來到二樓。經過走廊，打開自己房間的門——瞬間，時間在這一刻靜止了。

我維持著開門的動作，全身僵直。不只忘了呼吸，連心臟都忘記跳動。

這究竟是為什麼呢……因為我看到了。看到房間中，令人難以置信的光景。

月乃手中拿著我原本收在房間衣櫃中的內褲，湊在鼻子前嗅著它的味道。

第二章　因內褲而心跳不已的戀情

「嘶哈……天真……這就是……天真穿過的內褲……」

沒發現我打開門，月乃拿著我的四角褲，專心地嗅著。只見她雙手將我的內褲湊在臉上，不斷地深呼吸。

「嘶哈……天真的內褲……真好聞……」

嗯，這很奇怪對吧？非常奇怪對吧？

為什麼月乃會做這種事呢？為什麼一個女孩子，會闖進男生的房間裡，拿著男生的內褲拚命聞呢？

而且還是超級討厭男人的月乃。我看著眼前的景象，回想起至今月乃說過的話。

『可以不要那麼大聲講蠢話嗎？很噁心耶！』

「嘿嘿、嘿嘿嘿……天真的味道。我快受不了了……」

『嗄？吵死了！可以不要看向我這裡嗎？要是懷孕了怎麼辦？』

「嘶——呼……嘶哈嘶哈……好棒……好好聞……」

『嗄？你問這個幹麼？真噁心！』

「哈啊哈啊……天真嗯嗯……還想一直聞下去……」

呃，這到底是什麼狀況？我完全無法理解！

只見月乃紅著臉，呼吸粗重，神情恍惚，彷彿快融化似的。平時冰冷又銳利的眼神，現在充滿了熾熱的淫靡。

我整個人懵了。月乃明明極度厭惡我，為什麼還拿著我的內褲興奮成那樣？我腦中像是被洪水淹沒一般，滿滿都是「為什麼」的疑問。

但是，我唯獨明白一件事。那就是——這是絕對不能被我看到的場面。

我悄悄後退，一心想逃離房間。

不過，由於精神過於動搖，使得身體失去了平衡。我一個沒站穩，後背撞到牆上，因而發出聲響。

「不好……！」

「咦？」

聽到碰撞聲與我的低呼聲，月乃理所當然轉過頭，並且發現我的存在。

「天……天真…………！」

「啊……啊……」

不行了。我沒辦法說話。

面對這種情況，我到底該怎麼做才好？月乃應該會覺得很丟臉吧。假如我和她立場對調，我一定會覺得世界末日到了。

要裝作沒發現一樣離開嗎？不，不可能。她已經知道我看到一切了。

現在，除了等待月乃的反應之外，沒有我能做的事。

「你……看到了……對吧……？」

月乃原本握在手上的內褲掉到地上，露出泫然欲泣的眼神看著我。

「不，沒有……我……」

不管有沒有看到，我都不能說，一瞬間我不禁詞窮。

但是，為了我自己，也為了月乃內心的安寧，我一定要想辦法打圓場才行。

「對、對不起！是我不好！但是不用擔心，我不會把這件事說出去的！應該說，我會立刻忘記這件事的！」

「是嗎……你果然看到了嗎……？」

月乃搖搖晃晃地朝我走近。只見她的頭垂得低低的，無法看清表情。

……呃，這樣應該很不妙吧？難道說，她想殺我滅口嗎？

為了封口，殺死知道祕密的人。這種劇情太常見了。我該不會要死在今天吧？

我感到寒毛直豎的瞬間，月乃已經逼近我面前，而且還朝我伸出雙手。

「唔哇！不要啊——！」

「天真——！」

月乃猛然朝我撲來，直接用力抱住我……咦？抱住我？

「月、月乃……？」

月乃並沒有攻擊我，而是緊緊抱著我。摟住她理應極度厭惡的我，把臉頰貼在我胸口上不停地磨蹭，軟綿綿的胸部抵在我的腹部。

「哈啊哈啊……！是天真本人呢，好香啊……！」

月乃把臉埋在我胸口，連續做著深呼吸。咦？難道說，她在聞我的體味？

「喂、喂……月乃？妳到底在做什麼啊……？」

「因為……都是你不好啦……都是你，害我變成這樣……！」

咦？是我不好？這是什麼意思？為什麼是我的錯啊？

「都是因為和你間接接吻，所以我才會變成這樣啦……所以，你要負責喔。因為光是這樣，根本不夠……」

這傢伙到底在說什麼啊？我完全無法理解眼前的情況。為什麼我必須被聞內褲，而且還非得像這樣被抱住不可？重點還是被討厭男人的月乃這樣做！

月乃無視陷入混亂的我，把雙手伸向我的腰間，一左一右抓住我的褲頭，用力一拉**啊啊啊啊啊啊啊啊！**

「等一下！月乃！快住手！拜託妳不要這樣！」

「作為懲罰……快把你的內褲交給我吧。」

「住手！不可以啦！快放手！」

這傢伙是怎麼搞的？這傢伙到底是怎麼搞的！

為什麼我會被女人侵犯？話又說回來，月乃妳不是討厭男人嗎？

我反射性地逃離月乃，從她的魔掌中守住自己的褲子。

「你為什麼要逃？難道說，你想要代價……？」

月乃想了想，以水汪汪的眼睛看著我。

「不然……我拿我的內褲跟你交換？」

月乃提出交換內褲的要求。

「什麼……？」

「你等一下喔。嗯……」

語畢，月乃掀起裙子，雙手拇指插進底褲的鬆緊帶中。轉瞬間，充滿肉感的大腿猛然映入我的眼簾。

接著，只見月乃唰地將內褲脫下。

「月乃————？」

「我的內褲給你……所以，把你的內褲給我吧？」

月乃以手撐開純白色的底褲，朝我遞了過來。直到數秒前，都與月乃的重要部位密不可分的底褲，可以感受到她體溫的底褲。

「吶，天真，你也快點脫吧……我想要……你的內褲……」

妳為什麼要用那麼認真的表情說這種話？

「只有內褲不夠嗎？不然……胸罩也給你……？」

「不對，問題不在這裡！妳不要把內褲隨便送人啦！」

「真是的！你太任性了吧！既然如此，我只好用武力搶奪了喔……？」

喂，沒道理對我生氣吧？是說，月乃的眼神好恐怖啊。

我因不祥的預感而做出防範動作，但是已經太遲了。月乃一把抓住我的手腕，回過神時，我已經被她推倒在床上了。

「嘿嘿嘿……你今天穿的是什麼樣的內褲呢……？」

月乃把手放在我的褲子上，用力向下拉。

ＳＴＯＰ——！ＮＯ——！誰來救我啊——！

「等一下！月乃！妳不要這麼急啦！」

「不要抵抗喔……很快就會結束了。」

月乃的呼吸變得更加急促，打算拉下我的褲子。無法阻止了……我阻止不了她！

「喂！月乃！妳到底在幹麼啦！妳應該不是這種人吧？」

「少囉嗦！快點讓我看你的內褲！」

月乃依然充耳不聞，繼續拉扯我的長褲。

最後，我的褲子飛到半空中。

「哇……真是可愛的內褲呢……」

「不要啊——！」

ＨＥＬＰ！ＨＥＬ——Ｐ！救命啊——！

不妙！被女孩子看到自己的內褲，簡直太羞恥了！

「好了，天真……把內褲也脫掉吧？」

「啊！等一下！住手啦！不要再繼續——」

月乃毫不猶豫地朝我的內褲伸出魔手。

就在此時——

「天真學長～你在嗎？」

花鈴的聲音從走廊的方向傳來。

聽到花鈴的聲音，月乃身體一震，表情倏地變了。彷彿抖落了附身的東西似的，她恢復平常的表情。

「…………！」

只見她迅速打開窗戶，從窗外的陽臺逃回自己房間。

接著，花鈴跑進我房間。

「學長，幫花鈴寫作業♪……咦？你在做什麼啊？」

花鈴看見我沒穿長褲、倒在床上，露出訝異的表情。

「真的……到底在幹麼啊……？」

我無力地這麼回答。

※

「吶，天真……要不要和我一起做舒服的事呢？」

回過神時，月乃已經出現在我面前了。

她騎在我身上，居高臨下地看著躺在床上的我，眼神直盯著我的下半身。表情不像平常那樣冷冰冰，而是染上了恍惚。

「啊，啊……」

然後不知為何，我的身體無法動彈。就像被鬼壓床似的，完全無法動彈。而且，我身上只剩下一件內褲。

「不要怕喔……很快就會結束了。我只是拿走你的內褲而已喔。」

趁我無法抵抗，月乃溫柔地把雙手放在我的下半身。而且說話的語氣，也是前所未有的溫柔。

接著，她抓住我的內褲褲腳。

「啊……啊……！」

縱使我想要阻止她，身體卻依舊無法動彈。不只如此，我還說不出話，沒有任何抵抗的方法。

只能眼睜睜地看著月乃以纖細的手指揪住我的內褲，緩緩向下拉——

「啊，住、住——」

住手啊————————————————！

我的哀號，消失在虛空之中。

※

月乃扯下我內褲的瞬間，我從床上一躍而起。

「呼……呼……太好了……是夢……」

我看向床邊的時鐘，確認時間與日期，對醒來後的現實世界感到安心。

可是，平時令人愉快的週日早晨，被剛才的夢境摧毀了。我睡到滿身大汗，就連內褲都溼了……啊！內褲！

「…………太好了，內褲沒被拿走。」

我拉開長褲，內褲妥妥地貼在我身上。太好了，幸好不是預知夢。

「不過……昨天那到底是怎麼回事啊……？」

因為那場惡夢，害我想起昨天早上的事。

原本應該極度厭惡男人的月乃，溜進我房間，聞了我的內褲。而且還襲擊我、搶走我身上的內褲……就算是現在，我也不敢相信那是真的。

「不，不對……那一定是惡夢。一切全是我的幻覺。」

所以還是趁早忘了吧。

躊躇好一陣子後，我這麼作出結論。那個月乃不可能性侵男人。那全是我在夢裡看到的，全是假的。和現實中的神宮寺月乃沒有任何關係。

我努力地把相關記憶葬送在黑暗之中，一面不經意地轉頭看向一邊。

月乃正站在我床邊，高舉正方形的抱枕。

「給我全忘了吧————————！」

「唔喔喔喔！」

我在抱枕擊中我臉部的前一刻跳下床，躲開了攻擊。

「月乃？妳在幹麼？」

「把昨天看到的事全忘了吧！不對，我來幫你忘記吧！」

月乃再次揮動抱枕，朝我發動攻擊。

嗯。也就是說，她是為了昨天的事，才攻擊我的對吧？

不用她說，我也會忘記的啦！我都努力將那件事硬凹成夢了耶！

不如說，因為月乃出現在這裡，反而證明了那件事是真的。

「作好覺悟吧……我會揍到你忘記整件事的……」

月乃露出會把小孩子嚇哭的凶狠眼神，狠狠地瞪著我。這不是女孩子該有的表情啊！妳是在黑社會長大的嗎？

「喂，月乃妳冷靜點啦！拜託妳！不要在家裡使用暴力啦！」

「呼……呼……呼啊……呼啊……」

儘管和昨天的呼吸方式不同，但月乃的呼吸再次粗重了起來。就算是凶猛的野獸，也不會有這種程度的殺氣吧？

「呼啊……呼……哈啊哈啊……天真……」

咦……？為什麼感覺突然變了？

「天真……哈啊哈啊……天真嗯……天真嗯嗯嗯～～～～！」

「喂喂喂！妳冷靜一點！不要露出那種發春的表情啦！」

感受到昨天那種氣息，我立刻遠離月乃。

「哈……！不要跟我講話！你這個變態！」

「不對，變態的是妳吧！妳才是變態！」

我才不想被搜尋別人內褲的傢伙說自己是變態呢。

不對，不行。現在不是吵架的時候。我有太多事情想問她。

「話說回來，不管是昨天還是剛才……這到底是什麼情況啊，月乃？」

特別是昨天那個，很明顯不是正常情況。我很在意那到底是怎麼回事。

被我一問，月乃「唔～～！」地咬著嘴唇，露出難以啟齒的表情。不過，也許是明白非說不可吧，她漸漸微張小口說：

「…………啦。」

「咦……？」

「……實……很……啦。」

聽不清楚她在說什麼，我把耳朵湊了過去。

「妳在說什麼……？」

還是聽不清楚，我把耳朵湊得更近了。

「其實我……很好色啦！」

「唔哇！」

我的耳朵！瞬間震耳欲聾！

「我……只要被男人摸到，或是被男人看到我毫無防備的模樣，害我意識到對方是異性時……那個……我就會變得很奇怪……而且……無法控制……」

月乃漲紅著臉，斷斷續續地說道：

「簡單來說……只要想到色色的事，我就會忘我地陷入失控的狀態……這樣該說是發情狂嗎……？」

喔，喔喔……

也就是說，是那個嗎？她的性慾其實強到難以控制嗎？

喂喂喂……肇先生，這是怎麼回事啊？你不是說「我女兒是最棒的淑女」嗎！這哪是淑女啊？根本是慾女淫魔吧！

「昨天的那個，也是因為這樣……昨天，我不是用了你的杯子嗎？就像間接接吻一樣……所以我就忍不住陷入……」

原來如此。也就是說，月乃那時候是進入了發情狀態啊？所以才會去衣櫃翻我的內褲來聞。就連剛才也是因為離我太近，所以才忘我發情的嗎？

是說，這傢伙光是那種程度的小事，就會讓她發情嗎……？這發情標準也未免太低了吧！

「難道……妳平常總是和男生保持距離，也是因為……」

「因為不想讓人知道這個祕密……啊——真是的！爛死了！爛斃了！結果還是曝光了嘛！所以我才一直反對同居的事啊！」

月乃之所以對男生那麼凶，是為了疏遠男性，保住這個祕密嗎……

「所以！我要給你一個忠告！」

月乃用力指著我說：

「你在這個家的期間，不准隨便靠近我！不要進入我的視線內！不要和我呼吸同樣的空氣！」

「不，這個要求太過分了吧！至少讓我呼吸啦！」

「總之！既然要一起生活，你就要小心不讓我變成那樣！不然……我又會再次將你推倒。」

那樣確實很傷腦筋。昨天的月乃，真的很恐怖。

「還有，不可以把這件事告訴別人……特別是雪姊和花鈴……」

「咦……？她們不知道嗎？」

「當然啊！這種怪癖，我怎麼可能對她們說啊！」

也對。如果有這麼驚人的怪癖，就算是家人，也會盡可能地隱瞞吧。

「所以，聽到了嗎？你絕對不能把這件事說出去。不然我就真的會拜託爸爸，把你給開除喔！」

月乃劈里啪啦地說完後，便快步跑出我房間。

只是……真沒想到，月乃居然是個變態呢。

不過這樣一來，就能理解她為什麼對男生那麼凶了。畢竟她也算是個超級美少女，不那麼凶的話，一定會有很多男生主動黏上來。

只要這毛病沒有改善，她就不會主動接近男人。

嗯？等一下，這樣不是很糟嗎？

我和肇先生定下的約定是：幫助三姊妹習慣與男性相處。不然的話，他就不會幫我還清債務了吧……？

「咦？這樣一來，我的人生計畫不就遇上挫折了嗎？」

月乃離開後，我一個人靜靜地陷入絕望之中。

※

這種情況，到底該怎麼辦才好啊……？

只要有那種發情怪癖，月乃就不可能與男性好好相處。

再說，假如月乃又發情了，因此攻擊我的話……然後那種狀況正好被肇先生看到了，我一定會立刻被開除的。

話說回來，肇先生知道月乃的怪癖嗎？不，他應該不知道吧。感覺起來月乃似乎也瞞著爸爸，而且要是肇先生知道月乃有那種怪癖，應該就不會讓我住進這個家了。

這樣一來，我該怎麼面對月乃才好？我該怎麼和有那種怪癖的月乃相處？

就算我是全年級第一名的優等生，就算我每次考試都滿分，因此讓人覺得我強到既可怕又噁心，我還是不知道該怎麼做才好。

我全速轉動著腦袋，走到一樓。

總覺得一動腦就會肚子餓，還是先做點什麼來吃吧。

我這麼想並走到廚房後，發現雪音小姐站在廚房裡。

「早安，雪音小姐。」

「啊，天真學弟，你已經醒了嗎？」

雪音小姐驚訝地看著我，然後——

「你自己起床的嗎？真是太了不起了～」

「唔呃！」

雪音小姐用力抱住我，把我按在她宏偉的胸部上。有如剛搗好的麻糬般柔軟又有彈性的胸部夾著我的臉。她的手指還輕撫著我的頭，讓人感覺非常溫柔。

「好棒喔，天真學弟太了不起了～但是沒關係喔，你可以睡久一點，我會去叫你起床的。」

「不，那個……每天早上都讓妳叫醒，我會不好意思……」

「沒關係、沒關係，我會一輩子照顧天真學弟的♪」

不、不行……只要和這個人在一起，我就會完全不知所措。母性，洪水般的母性。就妻子的角色來說，她已經非常完美了吧？

「啊，對了。早餐已經準備好了，要吃嗎？」

「啊，好的，謝謝妳。」

經雪音小姐引導，我在她對面的位子坐下。

今天的早餐是奶油土司配玉米濃湯，熱狗配番茄與萵苣的沙拉。

「希望合天真學弟的胃口。」

「一定很好吃啦。光用看的就覺得超美味的。」

我拿起雪音小姐為我準備的叉子，把熱狗送進口中。

「天真學弟，怎麼樣？好吃嗎？」

「嗯！超好吃的！」

「太好了～那麼你要多吃一點喔。」

雪音小姐笑咪咪地看著我吃早餐。總覺得有點不好意思。

「呵呵，天真學弟都有好好咀嚼再吞下，真是太了不起了。」

這個人太厲害了。光是吃個飯，就能一直稱讚人。再這樣下去，說不定連「會自己呼吸，好了不起喔」這種話都說得出來呢。

我在雪音小姐的稱讚下，很快就吃完早餐。

「吶，天真學弟，接下來有沒有事情需要我做呢？」

早餐後，雪音小姐拄著臉頰向我問道。

「我什麼事都會幫你做喔。要一起玩嗎？還是幫你寫作業？」

「不，不必那麼費心……況且作業必須自己寫才行。」

「真是的！我不是說過了嗎？你什麼都不做也沒關係，因為你是我的丈夫嘛。」

雪音小姐露出充滿慈愛的笑容。

「要盡量使喚我做事喔？」

居、居然……居然有這麼溫柔的人……！

雪音小姐一定是把這視為新娘修行的一環，才會像這樣對我付出吧。

她是神宮寺家的長女。因此三姊妹中，她應該是背負了最多「神宮寺家的女兒」重擔的人吧。所以才會這麼努力經營臨時的夫妻生活。

我也該回應她的熱心才行。

就我的立場來說，確實沒必要與雪音小姐增近更多感情了。但是看到她如此努力，不禁讓人覺得自己也該盡一點心力，盡可能陪她練習婚後的同居生活，好讓她將來結婚時沒有任何煩惱。

基於這樣的想法，我開始思考結婚後的男女可能會一起做的事情。接著，我對雪音小姐說：

「既然如此……要不要一起出門呢？」

※

之後我和雪音小姐一起來到附近的購物中心。

結婚的話，兩人應該會像這樣一起出門吧。帶著這樣的想法，作為模擬婚後生活的一環，我邀她一起來到這裡。

我們目前正在食品區。由於雪音小姐說想買食材，我便陪她一同過來。

「吶，天真學弟，今晚你想吃什麼呢？」

「這個嘛……吃什麼好呢……」

老實說，我吃什麼都好。但是這麼回答的話，會讓雪音小姐感到困擾吧。有沒有什麼好點子呢？

「今天早上吃了西式早餐……晚上我想吃吃看中華料理。」

「嗯，不錯呢。那就這麼做吧。」

雪音小姐笑著回應我的要求。

「呵呵，這樣子，就好像真正的夫妻呢～」

「是、是啊……確實很像呢。」

就像雪音小姐說的，「一起買食材的男女」這種場面，非常有夫妻的感覺。就我個人而言，不如說更有新婚夫妻的感覺吧。

「對了，天真學弟也會做料理對吧？下次我們一起做飯如何？」

「但我只會做簡單的料理而已喔？是為了妹妹才學一點的，和妳不能相比……」

「這樣就已經很厲害了～為了妹妹，天真學弟真了不起呢～」

「謝、謝謝……」

只要一有機會，雪音小姐就會不停稱讚我，讓我有點難為情。

說到妹妹，葵那孩子，我不在家不知道有沒有問題啊……雖然我覺得她應該可以把各種事情處理好，不免還是有點擔心。

不過，會想到這種事的，似乎不只我而已。

「這麼說來……不把月乃和花鈴一起帶來好嗎？她們也是你重要的妻子嘛？」

「啊～說得也是……就工作來說，也許該那麼做吧……」

順帶一提，月乃在警告我之後，似乎就把自己關在房間裡。她應該是為了避免和我碰面吧。花鈴到出門前都還沒看到她，說不定還在睡。她似乎是隻懶惰蟲呢。

「吶，天真學弟……就男性的角度來看，你覺得她們如何呢？」

「咦？」

雪音小姐以不安的眼神看著我。

「就是花鈴和月乃。花鈴很愛撒嬌，月乃老是躲著男性。所以我很擔心，她們將來能不能過好婚姻生活……」

「哦～」

看著那兩個人，我確實也明白她的不安。

特別是月乃，因為有那種怪癖，所以一直把所有男人推得遠遠的，實在很難想像她結婚的樣子。

「她們早晚都必須嫁進上流家庭，我很擔心……所以，天真學弟，你也要確實地讓她們明白男性的事喔。為了讓她們將來能與優秀的男性過著幸福快樂的生活。」

「當然了。我會盡我所能幫助她們的。」

擔心妹妹的模樣，非常有雪音小姐的感覺。

雪音小姐既溫柔又美麗，已經完全是男人理想中的好太太。如果是她，根本沒必要做新娘修行。假如是這種為丈夫付出一切的美少女，不管對象是誰，都一定能處得很好吧。對我和對妹妹們的態度，便證明了這一點。

想到這裡，我突然冒出一個疑問。雪音小姐知道月乃的怪癖嗎？

雖然我有股想直接發問的衝動，但是，假如雪音小姐不知道，就等於藉由這個問答暴露了月乃的祕密。想到這一點，我就不能隨便發問。

到頭來，我還是沒有提及那件事，只是隨意地找話題聊著。買完東西後，我便和雪音小姐一起離開商店。

我兩手提著做回鍋肉和麻婆豆腐等中華料理用的食材。

「天真學弟的力氣很大，好厲害呢。很棒很棒～」

雪音小姐走在我身邊，伸手摸著我的頭。

「不過，真的不要緊嗎？我還是拿一半好了……」

「這麼一點東西，沒什麼啦。」

怎麼可以讓女性做肉體勞動呢？我依舊提著食材，朝神宮寺家的方向前進。

「吶，天真學弟，除了買東西之外，你還有想一起做的事嗎？」

雪音小姐突然問道。

「咦？」

「因為，我們現在難得兩人獨處喔？你沒有其他想和我一起做的事嗎？」

雪音小姐仰望著我，摟住我的手臂，將她圓潤豐滿的胸部貼在我手上。

咦？

「等一下，雪音小姐……？那、那個……妳的胸部……」

「沒關係喔……因為，我是故意的嘛。」

故意的？

「也可以做像這種有點色色的事喔……？你有沒有什麼想和我一起做的事呢？」

不不不！等一下！這樣太超過了吧！

就算她再怎麼熱心學習，也不該和剛認識的男性做到這種地步才對……然而她為什麼要對我付出這麼多？如果被肇先生看到了，我一定會立刻被開除的！

就在我腦中冒出這種疑問時，某種冰冷的東西，落在我鼻尖上。

「咦……？」

我抬頭向上看，方才還晴朗的天空，不知何時變得烏雲密布。

接著，雨嘩啦啦地落了下來。

「唔哇……是偶陣雨嗎……」

「真傷腦筋……天真學弟，我們快點回家吧。」

我們都沒帶傘，而且沿路也沒有可以躲雨的場所。

沒辦法，我們只好淋著雨，一路跑回家。

※

正當我們回到神宮寺家門前，雨勢變得愈來愈小，最後就停了。

但此時我們早已全身溼透。

「哈哈哈……整個溼了呢……」

雪音小姐遮著身體，害羞地說道。濡溼的上衣緊貼在她宏偉的胸部上，殺傷力比平常更高了。

「呃……還是先去換衣服吧？不然會感冒的……」

「嗯，就這麼辦。天真學弟，你也快點換衣服吧。」

雪音小姐這麼說完，一面遮著身體，一面走回自己房間。她的腳步很快，應該是覺得非常難為情吧。

我也想至少先換下上衣，但是食材裡有不少生鮮食品，所以為了把這些食物放進冰箱裡，我還是先前往廚房。

「……咦？」

接著，我發現流理臺旁邊有一本書。那是食譜，封面印著早餐的照片，所以這應該是雪音小姐的書吧？似乎是做完料理後，就忘在廚房的樣子。

我把食物放進冰箱後，帶著書走回自己房間。雪音小姐的房間是上二樓後的第一個房間，所以我想在回去時順便把書交給她。

她房門上有塊牌子，假如正在換衣服或用功，就會翻到反面。

如今牌子是翻在寫著「請進」的正面，這表示她已經換好衣服了吧。

我心想，一面出聲，一面開門走進房間。

「雪音小姐，妳現在方便嗎？」

「咦……？」

雪音小姐朝走進房間的我看來。

她的上半身只剩內衣，以及綁成龜甲縛狀的繩索。

「　　　　　」

過於奇妙的場面，使我腦中一片空白。

只穿著內衣的雪音小姐，身上纏滿了繩索。

嗯。我完全不懂這麼做有什麼意義。應該說，我完全不想弄懂其中的意義。

就眼前的狀況來分析，她正在換衣服。原本被雨淋溼的衣服，正凌亂地躺在地上。

應該是剛剛才脫下的吧。

也就是說，她身上的那些繩索，是從一開始就綁在身上的。在綁著龜甲縛的情況下，在外頭行走。

咦？她在做什麼？她到底在做什麼？

「啊……啊………」

只見雪音小姐的眼睛愈睜愈大，臉也愈來愈紅。接著，兩眼逐漸溼潤了起來。

「為、為什麼……？門口的牌子……」

「不，那個……牌子沒有翻過來……」

從她的反應看來，她似乎忘了把牌子翻面了。

「騙、騙人……居然被天真學弟知道了……？被天真學弟看到這副模樣……怎麼會這樣……」

雪音小姐顫聲說道，語調中帶著哭腔。

這也是當然的。被男孩子看見自己這副模樣，身為女孩子，當然會感到絕望——

「這樣子，真是太……太……令人興奮了！」

她剛才用那張可愛的臉，說了什麼……？

出乎意料的反應使我懵然。原本拿在手中的食譜掉在地上，書皮散落，露出底下真正的封面。

《一個人也做得到！龜甲縛玩法！》

以食譜書的書皮作為偽裝，那是一本光看書名就很變態的書籍。

「…………」

這樣一來……就無可否認了。雪音小姐完全是「那邊」的人呢。

只見雪音小姐露出淫靡的表情，全身不停顫抖。原本就巨大的胸部，因為龜甲縛的關係，顯得更宏偉了。

「呃，那個……雪音小姐，妳為什麼，要做這種事呢……」

雖然我非常不想問這種問題，但是繼續僵在現場更是尷尬。所以我只好鼓起勇氣開口發問。

「呃……天真學弟，你聽了之後，不要嚇到喔？」

應該不會吧。因為我已經被嚇得差不多了。

「其實呢……我有嚴重的……被虐癖……」

怎麼會……怎麼會這樣……

不只月乃，連雪音小姐也有性方面的特殊癖好？

「被人下命令或是被綁起來，我就會非常……興奮。所以我有時候會像這樣，把自己綁著……還有，為你付出一切，也是這個原因……」

咦？為什麼扯到我頭上？不要啦，很恐怖耶。

「知道能和你同居時，我非常開心喔。因為這樣一來，我就能盡情地為男性奉獻一切。像書上的奴隸那樣，做色情的事侍奉主人了。」

可以若無其事地說出一大堆危險的單字，這個人太可怕了。

是說，這是騙人的吧？難不成雪音小姐之所以寵溺我、為我付出，全是為了滿足她的性慾嗎？藉著侍奉我，使自己得到愉悅嗎……！

「其實我沒打算讓你知道這件事，只想暗自享樂而已。但是既然被你發現了，那也就沒辦法了呢……既然如此，就來請你陪我到最後吧……」

雪音小姐微笑看著動搖不已的我。咦？為什麼？妳為什麼要朝我走近？

「吶，天真學弟，你喜歡被人寵溺吧？」

「咦？咦……？」

我警戒著，不敢隨意回應。接著雪音小姐握住我的雙手，以燦爛的表情宣布道：

「我會一直寵溺你的，所以……讓我當你的奴隸吧！」

「啥？」

這要求也太莫名其妙了吧！

「這樣一來，你會被我侍奉得很開心，我也會被你調教得很開心喔？這不是雙贏的關係嗎？」

「不要！不可能啦！我一點也不喜歡調教人！」

我可沒有把女孩子當成奴隸調教的特殊癖好。所以，我要明確地拒絕她才行。

可是——

「啊嗯！被狠狠拒絕也很令人興奮……天真學弟，你很有當S的才能呢。」

「我才沒有那種才能！不要隨便幫我亂貼標籤啦！」

「只要收我為奴，不管下什麼命令，我什麼都會做喔。我可以穿得很色情地叫你起床，穿得很色情地送你出門，穿得很色情地幫你做飯。」

「妳是多喜歡穿得很色情啊！」

「主人！請對我這下賤的母豬奴隸下色情的命令吧！」

「不要擅自叫我主人啦！總之我不喜歡玩調教啦！」

「啊！等一下！天真學弟！我是絕對不會放棄的！我一定會成為你的奴隸的！」

我無視雪音小姐的勸阻，全力逃出她的房間。

※

「呼……呼……好累啊……」

我逃出住著發情狂和被虐狂的那間屋子，來到附近的自然公園。

不只月乃，連雪音小姐都有那種特殊的性癖好……而且原本雪音小姐清楚地給人溫柔的感覺，所以落差比月乃那時更嚴重。說得直接一點，就是對我造成很大的打擊。

而且，這樣一來，就不得不把雪音小姐視為和月乃一樣的警戒人物了。假如她被虐狂的嗜好不變，應該沒辦法和結婚對象過著正常的生活吧。必須想辦法在這一年裡，矯正她的性癖好才行。

不過，要怎麼做，才能矯正性癖好啊……？

就算想破頭，我也想不出對策。對於會脫男人內褲，或是綁著龜甲縛出門的人，要怎麼做才能改變她們？這問題對我來說太困難了。

窮途末路的我，有氣無力地走在公園裡。公園中種滿了樹木，盛開著許多美麗的花朵，據說是深受當地居民喜愛的療癒地點。不過都是因為那兩個變態的關係，我的心中愁雲慘霧。

「天真學長——！你在這裡做什麼？」

「！」

聽到身後傳來呼喚我的聲音，我訝異地轉身。

「花、花鈴……？」

「嘿嘿，學長好久不見！從昨晚就沒見過面了呢～？」

這麼說來，今天早上完全沒看到花鈴。我以為她一直在房間裡睡覺，不過看樣子，她是在我不知道時出門了。也許只是出來散步吧，只見她穿著貼身的小可愛背心和迷你裙，沒有帶包包出門。

我後退幾步，和她保持距離。

「學長……？你怎麼了？」

「咦？沒、沒有……沒事。」

身體下意識地動了。不過這也是沒辦法的事。畢竟花鈴的兩個姊姊都是變態，所以我當然會心生警戒，怕花鈴也有什麼怪癖。

「學長你看起來怪怪的耶……你在這裡做什麼啊？」

「呃……沒什麼，我只是想散散步而已……」

「嗯～？真可疑耶～啊！難道說學長你──」

花鈴開心地睜大雙眼。

「是特地來找花鈴的嗎！」

「咦……？呃，不是……」

「為了不讓花鈴走太多路，所以來抱花鈴回家的嗎？」

「怎麼可能啊！」

花鈴這傢伙，是把我當成做雜事的嗎？

「哎唷！既然如此就早點說嘛～快點抱花鈴回家吧～」

「咦？喂！」

花鈴蠻橫地把手勾在我手臂上，用力箍緊。

「喂，花鈴……這個姿勢有點……」

「不行。花鈴一個人沒辦法走路了。」

花鈴貼在我身上，一面磨蹭著我，一面撒嬌說道。這是要我就這樣把她拖回家的意思嗎？

「啊，還有，花鈴沒辦法自己呼吸。請幫人家做人工呼吸♪」

「這未免也撒嬌過頭了吧……」

不能自己呼吸的生物，早就死了吧。

再說，在外頭有肢體接觸，是非常危險的事。假如被肇先生看到我們黏在一起，我一定會被當場開除。必須盡快把她甩開才——

「呵呵，這樣很像在約會呢。」

「噗……！」

花鈴的炸彈發言，害我心臟差點停止。

「學長，你開不開心？有花鈴這麼可愛的女孩子抱著你的手走路喔～」

「不要自己說自己可愛啦……而且我才沒有特別開心呢……」

「咦～？不要這麼不坦率嘛。你應該更開心一點啊～？」

花鈴愉快地笑著，用力拉著我前進。這傢伙明明比我更有力氣嘛，根本可以一個人走路。

是說，黏得這麼緊……這傢伙果然也和姊姊們一樣都是變態吧？因為是變態，所以才會做這種事。

不，就此斷定有罪不太好。說不定花鈴只是愛撒嬌而已，和姊姊們不一樣。

話是這麼說，但還是必須保持警戒才行。為了不被更多變態侵犯，導致遭肇先生開除的事情發生。

「學長，你從剛才就很奇怪耶？你看起來好像有什麼心事。」

「我、我沒事！什麼事都沒有喔！真的！」

我嘴巴上否認，同時觀察起花鈴的身體。假如她也是變態，說不定會像雪音小姐一樣在身上綁繩子，或是有什麼其他特徵也說不定。我仔仔細細地觀察她全身，試圖找出奇怪的部分。

「學長……你會不會看過頭啦？」

「咦？」

花鈴放開我的手，瞇著眼睛看過來。

「你從剛才就一直盯著花鈴的身體看個不停耶……？」

「咦？啊……！」

糟了。被她一說我才發現，一直打量她身體的自己反而像是變態。而且是會被歸類在超級噁男的那種。

「你以為花鈴不會發現嗎？女孩子對這種事可是超敏感的喔。」

「對、對不起！不過我是有苦衷的……」

「還找藉口！真是太難看了！」

花鈴說完，再次抱住我的手臂。接著她故意把體重放在我身上，讓我難以走路。

「這是你一直盯著花鈴身體看的懲罰！請你就這樣把花鈴抱回家！」

「唔……我知道了……我會把妳抱回家的……」

「還有，回到家要和花鈴一起玩喔。這也是學長的懲罰♪」

雖然花鈴嘴上這麼說，不過似乎沒有生氣。真是好險。

為了不讓她不高興，我只能點頭答應她的要求了。

※

回家後，我按照約定，和花鈴玩起遊戲。

花鈴說要先換衣服，所以我在自己房間等她。

不久之後，花鈴帶著遊戲機過來。不知為何她身上的穿著跟剛才不同，換成了貼身背心和短褲。

「天真學長，久等了。我們一起打電動吧！」

花鈴帶來的，是集結了許多作品角色的人氣格鬥遊戲。即便我也聽過這款遊戲的名字，但是因為家裡很窮，所以沒有實際玩過。

「我是第一次玩，這樣沒問題嗎？妳好像很能玩……」

「沒問題～花鈴會無微不至地教你的♪」

花鈴語帶雙關地說，似乎是在虧我。

「那麼，就請學長幫忙安裝遊戲機～」

「是是是……連這種事情也要撒嬌嗎……」

我從花鈴那兒接過遊戲機和說明書，把主機接到房間的電視上。讓我看看……首先要把這條接線插在這裡……

「哦～學長的房間還挺乾淨的呢。花鈴還以為會亂七八糟的。」

「畢竟這裡不是我家，所以不好意思弄得太亂嘛。」

呃……只要把這個變壓器插到插座裡就可以了吧？然後……

「是說，學長你是簡樸派的嗎？好像沒什麼私人物品耶。」

「因為我家很窮，沒辦法買什麼娛樂用品。」

然後是把接線的另一側插到電視機後面……嗯，這樣應該就裝好了——

「哦～是這樣啊？那麼學長，這本書又是怎麼回事呢？」

「咦？」

被花鈴這麼一問，我回過頭，接著就看到她手上的一本漫畫書。

《爆乳親密接觸！我和肉感妹子的啪啪教學☆》

「唔哇啊啊啊啊啊啊啊啊嘰噗咕％☆＆＃＊○＆￥卍＠：！」

在我房間亂翻的花鈴，發現了一本裸露度非常高的漫畫。

那本漫畫我記得是班上同學帶來學校的。其中有個傢伙一直要求我看，我拒絕了很多次。不過沒想到他們居然把漫畫偷偷放進我書包裡……

「不、不是！那是我朋友偷偷塞進我書包的！絕對不是我的東西！」

「啊哈☆原來學長喜歡這種的啊～你是變態嗎～」

花鈴看著封面上的巨乳少女，賊賊地笑道。這丫頭，完全不相信我的話嘛！

「就說那不是我的書啦！不對！妳把那種邪惡的東西交出來！未成年者不能看那種東西！」

「學長不也未成年嗎……哇，比想像中的更激烈呢……」

「快、快住手！不要翻頁！不可以看裡面——！」

花鈴面無表情地翻著書，確認黃色漫畫的內容。雖然我不知道書裡畫了什麼，但要是被她誤以為我喜歡那種內容的話……！

我撲上前，想把書搶走，但是被嬌小的她輕鬆閃開。

「哇啊……原來胸部還可以這樣用啊……！學長，你都看這種書，一個人做開心的事吧？」

「我都說那不是我的書了！真的啦！真的不是！妳要相信我！」

花鈴微笑看著拚命否認的我。接著朝我走來，在我耳邊悄聲說道：

「…………………學長，你好色。」

「唔哇啊啊啊啊啊啊！相信我啦啊啊啊啊！」

真想挖個洞躲起來！真想鑽進棉被裡「哇啊啊啊啊！」地大叫！

「是說，學長，這本書裡的女生胸部都很大呢。你果真喜歡巨乳吧～？你那麼想揉女生的胸部嗎？」

「就、就說不是那樣……」

「如果貧乳也可以接受，花鈴的可以借你摸喔？」

「呃哇？」

「才怪——☆騙你的啦～」

我完全被花鈴耍著玩……被比我年紀小的女生玩弄了……

「啊哈！不過男生果然都喜歡巨乳呢……該把這件事告訴雪音姊嗎？」

「！」

這、這傢伙……說什麼危險的話……！

花鈴應該只是單純覺得，把我喜歡巨乳的事情告訴雪音小姐的話，可以拿我尋開心吧。可是雪音小姐其實是想當奴隸的被虐狂，要是被她知道我喜歡巨乳，一定會以她的胸部為武器，盡全力侍奉我。

是說，花鈴知道兩個姊姊的怪癖嗎……？

「如果不想被雪音姊知道，就要在打電動時贏過花鈴喔。輸了的話，花鈴就會把這件事說出去當作懲罰。」

「妳、妳開玩笑的吧……」

這樣一來，我就非贏不可了。我有責任讓雪音小姐她們成為真正的人類，絕對不能助長她們的變態行徑。

「那麼就三回定勝負吧？先贏兩場的人勝利。」

「好、好吧……正合我意……！」

我們在電視機前坐下，啟動遊戲。我們很快就選好角色，開始進行一對一的戰鬥。

我選的是經常去救公主的水管工大叔，然後花鈴選的是人稱「粉紅色惡魔」，又小又圓的生物。

第一戰，果然我因為操縱得不流暢，被圓形生物連續攻擊，直接落敗。不過在第二戰時，我多少掌握了操縱方法，雖然因對方發出的衝擊波而陷入苦戰，但還是把對手打出格鬥場外，獲得勝利。

「唔……學長你也進步得太快了吧……」

花鈴不甘心地咬著嘴唇說道。這樣就是一比一，兩人都沒有退路了。

「既然如此……嘿！」

花鈴突然起身，在我盤坐的大腿上坐下。為什麼？

「喂，花鈴？妳突然這是在幹麼？」

「因為有東西靠著，打起電動比較容易啊。」

看來我被當成椅子了。花鈴溫暖的後背躺靠在我身上，小巧的頭貼在我胸前，露出可愛的髮旋。女孩子的甜香氣息鑽入鼻腔，不自覺削弱了我的注意力。

「好了，天真學長！要開始了喔！」

「噫！糟了！」

我還來不及把花鈴推開，遊戲第三戰就已經開始了。她操縱的角色開始對我發動連續攻擊。

「喝！哈！轟！」

「唔……！」

被花鈴坐在腿上，果然很難操縱角色。不論是體重，或是……生理反應。

因為花鈴的屁股完全貼著我胯下。而且她似乎是打電動時，身體會跟著一起擺動的類型，所以每當她的角色移動時，她的身體也會跟著劇烈擺動，小巧的屁股不停地擠壓與碰撞我的重要部位。

「花鈴要上了喔！學長！喝啊——！」

「唔……！」

多麼……多麼柔軟啊！

兩腿間直截了當的肉體刺激，使我的大腦完全被快感支配。

不，不行！不可以被花鈴的屁股影響！不能連我都變成變態！

（摩訶般若波羅蜜多心經觀自在菩薩行深波若波羅蜜多時——）

我拚命在心中誦念般若波羅蜜多心經，試圖壓制自己的慾望。

在這種情況下，我當然無法專心比賽。我的角色在轉眼之間被打飛到畫面外，比賽兩三下就結束了。

「耶——！我贏了——！贏了——！」

花鈴從我腿上站起，高舉雙手，開心地大叫。

「那好～學長，要來玩懲罰遊戲了喔～花鈴要把色情漫畫的事告訴姊姊喔～」

「糟、糟了……」

對了……假如我輸了，花鈴就會把我喜歡巨乳的事告訴雪音小姐……

這樣一來，那個變態可能會因此得意忘形。想到這裡，我就心情沉重。

「才～怪。我是開玩笑的啦，天真學長。」

「咦？」

「花鈴怎麼可能說呢？人家只是想捉弄一下學長而已啦♪」

花鈴咧開嘴，淘氣地笑了起來。咦……？開玩笑的？真的嗎……？

「真是的……不要嚇我啦……」

「因為賭上什麼的話，遊戲會比較好玩不是嗎？」

花鈴毫無愧意地笑道。這孩子，真的很喜歡捉弄人呢……

不過幸好……她是有良心的女孩子。

雖然我擔心她也是變態，但是看到她那純真無邪的笑容，就覺得她應該只是個愛撒嬌、十分孩子氣的女孩子而已。

仔細想想，三姊妹中，最正常的應該是花鈴吧？雖然她有愛撒嬌的毛病，但是和另外兩個變態比起來，還是非常可愛。幸好她沒被那兩個變態的姊姊影響，很普通地長大成人。

「呼……總覺得熱起來了。有點玩得太認真了呢。」

花鈴用手煽著身體，試圖驅散體內的熱氣。

也許是因為玩得太專心了吧，她的身體浮起一層薄汗。

「…………咦？」

我突然發現有點不對勁。她的身體……不對，她的衣服好像出現了某種異變。怎麼說呢……衣服的花紋，好像有點走位……

我疑惑地走到花鈴身邊，然後仔細端詳她的身體。

——花鈴的衣服，正在融化。

「…………耶？」

不對，這根本不是衣服……被汗水流過的地方就會變成肉色，看起來簡直就像掉了漆似的。也就是說……

衣服，是畫上去的？

「唔哇啊啊！」

這件事造成的精神衝擊太大，我不禁發出驚叫。

花鈴這傢伙，八成沒穿衣服。我以為是衣服的部分，是直接畫在皮膚上的人體彩繪。雖然她至少穿上了內衣褲，但是就連內衣褲都塗上顏色，使人看不出內衣與彩繪的分別。

怎麼搞的，發生了什麼事？我剛才看到了什麼？

「…………咦？學長，你發現啦？」

看到我的反應，花鈴也察覺到怎麼回事了。

「欸嘿嘿……果然穿幫了啊？被學長知道了，花鈴非常可恥的祕密……」

花鈴眉開眼笑，低頭看著我說道：

「沒錯。花鈴現在沒穿衣服。這是人體彩繪喔♪」

花鈴說完，在原地轉了一圈。

她的衣服——彩繪，因汗水而暈開。玲瓏的胸部、略帶曲線的纖腰、被擠到底褲之外的臀部與結實的大腿，都稍微看得到膚色。

而她本人不但完全不隱藏自己的身體，甚至大大方方地展現給我看。

「啊哈！學長在看花鈴的身體呢。其實花鈴只穿著內衣和內褲……學長看的，是花鈴的身體……」

只見花鈴雙手環抱自己，身體顫抖不已。嗯……該怎麼說呢，不知為何我明白了。

因為，這已經是第三個人了嘛。

「其實連姊姊們都不知道花鈴的這個怪癖……像這樣被人看到的話，花鈴就會非常興奮！自己的身體或色色的模樣被男人看到，或是差點被看到的話……」

她們為什麼都能稀鬆平常地說出那麼多危險的詞彙啊？

我姑且還是委婉地確認道：

「也就是說……妳是……暴露狂……嗎？」

「請不要用那種說法。花鈴只是單純想讓男性看到自己羞恥的模樣而已。」

這不就是暴露狂嗎！

原來如此……我還以為只有花鈴是正常人，果然連妳也一樣是那邊的人嗎……是說，三姊妹全是變態，妳們未免也太像了吧！就算把祕密告訴彼此也完全沒問題吧！應該說，妳們根本就是好夥伴嘛！

「花鈴從剛才就一直在忍耐，很辛苦的喔？花鈴實際上只穿著內衣內褲，但是一直被學長看，被學長摸……啊嗯……花鈴覺得好舒服喔♪」

夠了，不要再說了。拜託妳不要在這裡發春。

話說回來，為了發春而幫自己畫人體彩繪，這種玩法也太費工了吧？第一個問題，這彩繪技術是從哪學來的啊？而且從回家到進我房間，到底要怎麼做，才能在那麼短的時間裡在自己身上畫好衣服啊？

「是說，妳之所以用這種模樣對我撒嬌……」

「沒錯。因為這樣能讓花鈴很興奮♪」

她之所以特地只穿著內衣褲對我撒嬌，好像是為了讓我看她的身體。

「剛才在外面，花鈴也興奮過一次了。其實花鈴遇到學長時，身上沒穿內衣，也沒穿內褲喔！」

可以不要自曝我沒問的事嗎？

「嗯啊……光是回想起來，就又忍不住興奮了起來……！花鈴已經不行了！我受不了了！」

「什麼……！」

花鈴突然撤除最後的防線……脫起內衣與底褲。

「喂……喂喂？」

我立刻閉上眼睛，把頭撇到一旁。

雖然只有一瞬間，但是內衣下的肌膚似乎沒有上色，因此膚色特別明顯。她那玲瓏白皙的胸部，以及雪白的下半身，深深烙印在我的視網膜上，完全無法消去。

而且花鈴不只脫下內衣褲，還以全裸的姿態朝我逼來。

「哈啊、哈啊……學長！請看著花鈴……！請仔細看花鈴的小咪咪！」

「妳、妳冷靜點！不要靠過來！還有！立刻把衣服穿上！」

「不要！知道花鈴祕密的，只有天真學長喔！所以你有義務看著花鈴的身體！」

「才沒有那種義務啦！我絕對不看！拜託妳快點回自己房間，把衣服穿好！」

「不用那麼客氣嘛！可以看到女孩子的裸體，學長應該也很開心吧？」

「被變態騷擾，哪開心得起來啊！妳不要靠過來，過去那邊啦！」

再說，假如這場面被別人看到，因此產生奇怪的誤會，我會很傷腦筋的。因為這個家裡還有月乃和雪音小姐兩個變態。最大的問題是——

「要是被肇先生看到了，會大事不妙喔！」

「放心啦，爸爸工作很忙，很少回家的。」

「我回來了。好久沒回家了呢～」

這不就回來了嗎啊啊啊啊啊啊啊啊啊啊啊啊啊啊啊啊啊！

肇先生的聲音從玄關傳來。你為什麼要挑這個時間點回來啊啊啊啊啊啊啊啊啊啊啊

啊啊啊啊！

「啊，歡迎回家，爸爸。」

「好久不見了～今天的工作結束了嗎？」

而且樓下還傳來月乃與雪音小姐迎接父親的聲音。

「居、居然真的回來了……這下不好了！都是因為學長說了奇怪的話啦！」

「不要把錯推到我頭上啦！」

就在這時，我腦中浮起一個疑問。

「喂，花鈴……肇先生知道妳有這種怪癖嗎？」

「怎麼可能知道啊！知道的話，就不會讓天真學長進家門囉！」

說得也是！我也這麼想！肇先生一定也不知道月乃和雪音小姐的性癖吧！

而且知道的話，就不會說這幾個傢伙是「挑不出缺點，最棒的淑女」了！

也就是說，被肇先生看到這場面，我會有生命危險吧？

不，不只我而已。假如我被開除，全家人的生命也會有危險。

生活費、債務、一千萬。我腦中浮現無數生了翅膀的萬圓紙鈔飛走的模樣。

我失業就沒辦法貼補家用，家計會一下子垮掉的。特別是那麼大筆的債務，沒有肇先生幫忙，根本無法還清。

假如全家因此流落街頭，我那可愛的妹妹也得國中一畢業就必須開始工作。弄不好的話，還得到酒店上班——

啊啊啊啊啊！不行！那種事絕對不能發生————！

總之，我必須盡快讓花鈴回自己房間，然後消滅現場證據才行。沒錯，既然決定了，就立刻——

「對了，我要去找天真同學聊聊。」

我還來不及採取行動，上樓的腳步聲就已經傳來了。

「天啊！肇先生上來了！」

我的房間在上樓梯後的走廊盡頭，就算現在讓花鈴回房，最糟的情況，說不定會讓肇先生看到她全裸的模樣。

「怎、怎怎怎麼辦……？花鈴也不想讓學長以外的人知道自己這種興趣啊！」

就算花鈴是變態，也前所未見地緊張起來。

她身上的彩繪已經掉了三分之一左右。現在的她，是無法假裝有穿衣服的。而且她剛才還把內衣褲都脫掉了！

該怎麼讓她逃走呢……

可以像月乃上次那樣，讓她從陽臺逃到隔壁房間。但是這樣一來，花鈴全裸的模樣說不定會被鄰居看到，到時候就麻煩了。

「天真同學，你在房間裡吧？我有些話想和你說……」

肇先生敲門說道。真的沒有時間了。

「唔……！」

「啊哇哇哇……！大、大危機！花鈴史上最大的危機——！」

花鈴急得在房間裡來回踱步。再這樣下去，真的會被肇先生發現！

既然如此，就只能使出最後的手段了。

「喂，花鈴，拜託妳安靜一點。」

「咦？學長你要做什——哇！」

我推開花鈴起身，就這樣抓住她的手。

然後，把她關進衣櫃裡。

※

「肇先生，請進……好久不見了……」

我急急忙忙地把花鈴塞進衣櫃後，若無其事地開門迎接肇先生。

「是啊。好久不見。話是這麼說，其實也才幾天不見而已啊。」

「哈哈哈……說得也是。話說回來，您找我有什麼事呢……？」

由於希望肇先生盡快離開，我趕緊切入正題。畢竟旁邊的衣櫃裡，有個身上帶著炸彈的超危險人物……

「嗯，我是想問問近況。天真同學，你覺得我女兒們如何呢？」

「確實是超乎想像可愛又出色的小姐們呢。」

是超乎想像變態又淫蕩的小姐們。

「假如沒有這個機會，我一輩子都不可能和這樣的女孩子有交集呢。」

假如沒有這個機會，我一輩子都不可能遇到那麼多變態的女孩子呢……

「她們真的全都是非常令人嘆為觀止的小姐們喔！」

全都是好色到令人嘆為觀止的小姐們喔！

「是嗎、是嗎？那就好。話說回來……你沒對我女兒們動手動腳吧？」

「當、當然了！我完全沒做奇怪的事！」

「我」沒做。

「是嗎？那就好，我放心了。這樣就不必割除你的睪丸了。」

咦？假如出了什麼事？就要閹了我嗎？讓我當不成男人嗎？

我的目光不禁朝衣櫃飄去。拜託妳了，花鈴，事關我的家計和胯下問題，拜託妳一定要藏好喔。

「除此之外，你和我女兒們的同居生活還順利嗎？」

「很、很順利！完全沒問題！她們已經逐漸習慣我的存在了！」

「哦哦，是這樣嗎？我女兒們已經能接受你了嗎？」

「是的！雖然月乃小姐似乎還不習慣我的存在，但這只是時間上的問題！就如同肇先生說的，她們都是最棒的淑女，所以我們很快就會變要好的！」

「是嗎、是嗎？就算與男性相處，我女兒們果然也能駕輕就熟呢。」

聽到女兒們被稱讚，肇先生笑得合不攏嘴。一點也不知道我的辛苦……！

但是，為了還清債務，我不能讓肇先生知道他的女兒們有問題。現在該做的，就是盡量讚美三姊妹，盡快結束話題，讓他離開我房間！

「三位小姐的事就儘管交給我！我一定會盡快讓她們習慣如何與男性相處的！」

「嗯，我知道了。那就拜託你了……話說回來，你腳邊的那個是什麼？」

「咦……？」

我循著肇先生的視線低頭，朝自己的腳邊看去。

那是花鈴脫下來的內褲。

（哇啊————————————！）

那是絕對不可能出現在男性房間中的東西。假如被肇先生知道那是內衣褲，而且是花鈴的東西，我會被肇先生當成什麼呢？毫無疑問會被當成內衣小偷！

必須快點把那東西藏起來！藏起來！然後只能裝傻！必須快點找藉口打發過去才行啊啊啊啊啊啊！

可是，我還沒來得及採取行動，肇先生已經開口了。

「那東西……看起來像是女性的貼身衣物呢……？」

啊……！

「為什麼你房間會有這種東西……？而且那顏色是怎麼回事？似乎塗了什麼顏料在上面……？」

發現那是塗了顏料的內褲，肇先生以不解的表情看著我。

糟了。被懷疑了。必須藉口蒙混過去才行。不立刻說出藉口的話，一定會被他懷疑，被當成內衣小偷，被當成在偷來的內褲上畫奇怪顏料取樂的變態。

有沒有什麼藉口……可以讓女用內褲出現在我房間的藉口！

「這、這內褲……其實是我的！」

我口中冒出驚人的宣言。

「你、你的……？」

看來就連肇先生也不禁動搖了。

我配合著脫口而出的胡扯，開始找起藉口。

「是的！那個……這是我做的！是家政課的自由作業！因為我家很窮，所以我想為妹妹做她會喜歡的衣物！因為我妹妹喜歡色彩奇特的衣服！」

我撿起花鈴的內褲，學著職人的動作，彷彿確認成品似的摸起衣物。

「連我自己都覺得做得很好呢。色彩也上得不錯，這種質感真是好得無話可說。鬆緊帶的彈性也很棒，連我都很想穿穿看呢！」

「原、原來如此。是這麼回事啊。真是的，你別嚇我啊。我還以為你偷了我女兒的內衣，而且還塗上奇怪的顏色，以此為樂呢。」

好險————！總算成功蒙混過去了————！

「你果然是個認真又努力的好青年呢。為了妹妹與家計，居然自己做衣服。這種精神，我非常欣賞喔。」

「是、是的……謝謝您的賞識……」

「你就以這種氣勢照顧我女兒吧……對了，你知道花鈴在哪嗎？月乃和雪音在樓下，但是只有她不在呢。」

「不，我不知道……她應該在自己房間吧……？」

我全身冷汗直流，很想盡快逃離這裡。

「是嗎……那麼我晚點再找她吧。今天我難得有空在家好好休息，可以實際親眼看看你們相處的模樣。」

肇先生說完，轉身準備離去。

很、很好……看來不會穿幫！太好了！真是太危險了！總算度過危機了！

「噗咻！」←花鈴用力打噴嚏的聲音。

「嗯……？剛才那是什麼聲音？」

花———————鈴———————————————————啊———————————————————！

妳到底在做什麼啊啊啊啊啊啊啊———————————————————！

不過，這也是沒辦法的嘛！因為她現在全裸，因為太冷所以打噴嚏了嘛！可是妳就不能再忍個三秒左右嗎花鈴！

「衣櫃裡有什麼嗎？」

糟了！肇先生的注意力被衣櫃吸走了！

「沒、沒什麼大不了的東西啦！一定是野生的外星人躲在裡面啦！」

「那可是很大不了的喔……？讓我確認看看吧。」

「不不不不！請別這麼做！會被咬的喔！」

這下糟了。假如肇先生打開櫃子，就會看到事實上全裸的花鈴。那樣一來我就毫無辯解的餘地，而且還會被肇先生誤會成是我把她弄成那樣的吧。

於是我將可喜可賀地被開除，家計因此垮掉，我的睪丸也會被切下來吧。

這下糟了！情況真的非常不妙！只有這扇門絕對要死守住啊啊啊啊啊啊啊！

嘟嚕叮咚嘟嚕叮咚♪嘟嚕叮咚嘟嚕叮咚♪

這時，房間內響起輕快的電子鈴聲。

「嗯？電話？」

肇先生從口袋中拿出手機開始通話。只見他交談了幾句，最後說「我馬上過去」，便掛斷電話。

「剛好是花鈴打來的。她說她現在人在車站前，要我去接她。真是的，拿她這個女兒沒辦法呢。」

「咦?是、是這樣啊……辛苦您了。」

「那麼我就先出門一趟了。月乃與雪音就交給你照顧了。」

肇先生忘了衣櫃的事,急急忙忙離開家。從那掩不住笑意的表情看來,被花鈴撒嬌令他非常開心呢。那位大叔也真是疼小孩。

「……呼~~~~得救了~~~~~~~~~」

我全身無力地直接跌坐在地,以為心臟差點就要停下了……

「呼~總算成功蒙混過去了。花鈴也嚇得一身冷汗呢。」

只見花鈴單手拿著手機,從衣櫃中走出來。

「……喂,妳不是什麼都沒穿嗎?為什麼會有手機?」

「為了預防萬一,花鈴一直把手機藏在內褲裡。脫掉內褲之後,就一直把手機拿在手上喔。」

原來如此……還以為她脫衣服時什麼都沒想,看來還是有事先作保險呢。

「不過,學長居然摸了花鈴的內褲……害人家稍微興奮了一下呢!」

不管在什麼情況下都能感受到性快感。看著如此強悍的變態,我不禁有點羨慕她的膽量。

第三章 盡性地綁，盡性地脫，盡性地發情

神宮寺三姊妹，是非常美好的少女。

雪音小姐總是溫柔地對我這種人付出一切，花鈴總是可愛地對我撒嬌，月乃雖然態度惡劣，但是把她想成是一種傲嬌的話……嗯……也是很可愛的……

總之，三人都是非常美好的少女。

「嘶哈……天真的內褲……真好聞……」

「讓我當你的奴隸吧！」

「請仔細看花鈴的小咪咪！」

只要她們不是變態的話……

「喂！你們可以不要靠過來嗎！」

每週一次的集會時間。

我一如往常地打開單字書，等待集會開始。這時身旁傳來月乃的怒叱聲。

「男生的隊伍在那邊吧？不要歪過來啦！是在找人麻煩嗎！」
「對、對不起啦……不要生氣嘛……」
月乃正在怒罵把隊伍歪到女生那邊的男學生們。
從旁觀者的角度看來，應該只會覺得月乃真的非常討厭男人而已吧。
「好凶喔──好凶喔──又在罵人了。是說月乃完全不讓男人靠近她呢。」
「不過，就是因為這樣，我才會打高分啊。感覺起來很清純哩。」
「雖然長得很好看，但是不像會隨便和男人玩的女孩呢～」
儘管被那樣痛罵，班上的男學生們仍然小聲地稱讚月乃。
唉唉……這些傢伙，什麼都不懂。關於神宮寺月乃這個女孩的事。
「欸，天真，你覺得月乃怎麼樣？雖然討厭男人，不過還是很可愛對吧？」
「嗯……我也這麼想……很可愛呢……」
才怪……這傢伙才不是討厭男人，而且一點也不清純。不只不清純，還是個大變態。
是只要男人稍微靠近一點，就會開始發情的超級變態。
「月乃還是一樣，對男生很凶呢～難道……妳喜歡女人嗎？」
「不，才不是呢。我只是討厭男人而已。」
另一方面，本人正傻眼地否認女同學們的玩笑話。

由於外表好看，所以和女孩子們正常說話的她，看起來就只是個開朗活潑的耀眼美少女。不過，那終究只是「看起來」而已。

「不過妳明明長得這麼可愛，為什麼要對男生那麼凶呢？如果態度普通一點，一定很受男生歡迎喔。」

「我又不打算受男生歡迎。那種事我沒興趣。」

才不是這樣呢……是因為妳是超級變態，別說受不受歡迎了，根本完全不能碰觸男孩子嘛。

我心裡吐槽，眼神不小心與月乃對上，接著被她狠瞪。

「（看什麼看……！你要是敢把那件事說出去，我就宰了你……！）」

從那殺人的眼神，可以簡單看出她的想法。

其實用不著她警告，我也不打算揭穿她的祕密。把月乃的變態怪癖抖出來，對我而言只有百害而無一利。畢竟消息不曉得會以什麼形式，傳進肇先生耳裡。

就在這時，也許是因為別班學生到場的緣故吧，女生隊伍整排朝男生隊伍這邊移動過來。

月乃也因此被擠到我旁邊。

「…………！」

只見她的樣子明顯地出現變化。一到我身邊，原本凌厲的眼神開始帶著熱度。

咦……？這傢伙快發情了吧……？

「咦？月乃，妳怎麼了？」

「沒……沒……沒事……我只是覺得有點熱而已……」

月乃勉強保持住理性，找藉口打發同學。

她別過臉，低著頭，試圖不在意我的存在。

「呼……！呼……！」

而且還用雙手環抱身體，彷彿在壓制情慾似的。

喂、喂喂喂！妳不要發作喔！月乃妳一定要撐住喔！千萬不可以在這裡發情喔！

「啊！天真學長——！你好——！」

正當我擔心月乃時，後方傳來熟悉的聲音。我回過頭，果然是花鈴在叫我。她的班級正進入體育館的樣子。

「學長，好久不見～話是這麼說，其實今天早上才見過面呢！」

花鈴一見到我，就喜孜孜地向我打招呼。

班上男同學們見狀立刻轉頭，以充滿血絲的眼睛瞪著我。

「喂、喂，天真……你什麼時候和花鈴變得這麼要好了？」

「你太不夠意思了吧！要是你們認識，就該把她介紹給我們啊！」

「沒，沒有啦……我們又不是多熟……」

聽說二、三年級中有許多花鈴的粉絲。這些傢伙八成也對花鈴很有好感吧，所以才會對我投以羨慕嫉妒恨的眼神。

不過！你們都錯了……！你們根本不知道被這個變態耍著玩的我有多辛苦！

「啊哈哈，學長真可憐耶～」

「都是因為妳找我講話啦……話說，妳怎麼穿成這樣啊？」

仔細一看，花鈴把制服穿得相當邋遢。胸口的領結鬆垮垮的，襯衫上方的釦子也沒扣好。

「穿成這樣，小心等一下被老師叫去訓話。快點把衣服穿好。」

「咦～？是嗎？可是這樣我覺得很普通啊。」

「才不普通呢。這樣看起來超邋遢的，而且還很引人注目。」

「啊哈！就算被看到，也無所謂啊。」

花鈴以只有我看得見的角度，把領口大大拉開。

「妳……！快住手！不要這樣！」

我立刻把頭撇開。這傢伙實在太危險了！她是為了讓我看，才故意把制服穿成這樣的吧？

說得也是！這個暴露狂當然做得出這種事情嘛！她以人體彩繪在我面前全裸的事都做過了，這種事根本是小菜一碟嘛！我的想法真是太天真了！

而且就剛才不小心瞥到的感覺，這傢伙八成沒穿胸罩。

咦……？沒穿……胸罩……？

「花、花鈴……！妳這個……！」

「欸嘿嘿……看得出來嗎？學長可以盡量看喔！哈啊哈啊……」

這、這個笨蛋……！這裡可不是家裡喔！在學校玩這種暴露遊戲，妳是瘋了嗎？

要是學校突然作服裝儀容檢查，妳就玩完了喔！

「那個，花鈴學妹，可以請教一下嗎？妳和天真是什麼關係啊？」

原本遠觀我們的男同學推開我，朝花鈴湊了過去。

喂、喂！笨蛋！不可以看現在的花鈴啦！

「是社團的學長學妹嗎？還是說……你們正在交往呢？」

「啊，大家想知道嗎？」

花鈴露出意味深長的笑容，朝男同學們走近。

啊啊啊妳這個笨蛋啊啊啊啊啊啊啊啊啊！

不要不穿胸罩靠近其他男生啊啊啊啊啊啊！胸部被看到了怎麼辦啊啊啊啊啊！

「花鈴和天真學長的關係啊～是難以簡單說明，非常非常親密的關係喔☆」

「哦、哦……非常非常親密的關係啊……」

「喂，天真……你這個恬恬吃三碗公的傢伙……！」

同班同學把手按在我肩上用力收緊，彷彿想把我的骨頭捏碎似的。

可惡！這些傢伙根本不知道我的辛苦……！雖然你們以為她很可愛，不過這傢伙其實是個變態喔！你們腦子裡想像的那些美好場面，我可是完全沒有經歷過喔！

是說，這狀況太不妙了吧？以花鈴現在這種穿法，就算被人發現她沒穿胸罩也不奇怪。畢竟她領結沒綁緊，釦子也沒扣好，只要稍微彎個腰，胸口就會整個暴露出來。要是班上同學剛好朝胸口看去，一切就完了。

「放心啦～不會被發現的。」

花鈴在我耳邊悄聲道。

「花鈴露得剛剛好。可以完全看到的，只有天真學長喔♪」

看來她也知道不能讓別人發現沒穿胸罩的事。不過，冒著被發現的風險享受暴露的快感，要是真的被發現了，她到底打算怎麼善後啊……？再說，只讓我看這件事本身也很有問題啊。

果然還是該盡快讓她回自己班上才行！

「各位～時間到了～馬上就要開始集會——」

正當我這麼想時，講臺上非常恰巧地傳來清脆的聲音。集會時間已經到了，雪音小姐出聲呼籲大家排好隊伍。

「啊，是姊姊。那麼天真學長，晚點再見了！」

花鈴跑回自己班上，同學們也重新回到隊伍裡。

好累啊……危機似乎總算離去了……居然一早就這麼消磨心神……！

「……嗯？怎麼了？」

我口袋中的手機振動起來。仔細一看，發現有人傳來郵件，寄件人是雪音小姐。

「在集會前……？有什麼事嗎？」

她不是正在講臺上嗎？傳郵件給我做什麼呢？我充滿疑惑地打開郵件，附加檔案跳了出來。

是雪音小姐全裸緊縛的自拍照。

「…………！」

我按著嘴，努力不讓自己發出驚叫。接著，信件的內文映入我眼簾。

『今天，我會以主人命令我綁成這樣的設定，參加集會喔♪』

這是什麼宣言啊？這到底是什麼宣言啊？

「那麼，現在開始全校集會。首先由學生會長我向大家致詞。」

雪音小姐面不改色地站在講臺上。被全校師生注視的她，制服底下八成就像照片中那樣綁著繩索吧。

那個超級被虐狂，到底在玩什麼啊！在全校師生面前玩整套ＳＭ，已經不是普通的變態而已了喔！

「感覺最近校內風紀有鬆散的傾向，嗯……新學期才剛開始，風和日麗的春季會使人鬆懈也是無可奈何的事情呢。啊嗯！然而我們不能過於怠惰。哈啊哈啊。從今天起，全體同學再次振奮精神，呀嗯～重新審視自己吧。不行！快高潮了……身為青林高中的學生，啊、啊！我們不能做出有辱校譽的事情。啊啊啊啊！各位同學務必切記不能過於浮躁喔。啊啊——嗯！」

不，破壞風紀的人不就是妳嗎——————！就是妳啊——————！

雖然講得一本正經，但雪音小姐根本就是最侮辱校譽的那個人！可以不要在身上綁繩子，在公共場合偷偷享受被看的快感嗎！還有！不要小聲地呻吟啦！

幸好，她的呻吟聲和麥克風的雜音差不多。只有我，因為知道她是變態，有所警戒，所以才能勉強察覺。其他同學完全沒發現她正在發浪。

「雪音學姊真的好美啊。」

「是啊，我懂你說的。而且感覺很溫柔，還非常清純。」

哪裡清純了！哪裡！她可是在全校師生面前玩龜甲縛喔！

唉……我開始羨慕起這些傢伙了。無知真好。

知道三姊妹的祕密的我，必須過著隨時提防她們做出變態行為的生活。假如她們是變態的事被揭穿了，肇先生很有可能把我趕出神宮寺家。那樣一來，我就沒機會還清債務了。為了保護一条家的家計，我必須隨時注意她們的言行舉止才行。

就算在學校，也沒辦法鬆懈。

※

集會結束後，班上同學三五成群地走回教室。

我進入教室時，月乃已經在教室裡了。

「吶～月乃～好久沒去唱歌了，放學後要不要去ＫＴＶ？我想再聽妳唱那首～」

「咦～？怎麼辦，該不該去呢？去是可以啦，不過我不會請客喔？」

與我相處時不同，月乃笑咪咪地與女同學們說話。只看這個場面的話，真的會以為她只是個漂亮活潑的普通女孩，完全想不到她是變態。

但是，假如男生太靠近她，她的怪癖八成會發作。所以在學校時，我絕對不能接近她，也必須提防其他男生接近她才行。

我正思考這件事時，年輕的女班導走進教室，接著開始點名。

順帶一提，我的座位是靠窗的最後一排，因此可以清楚看見整間教室的情況。當然，坐在我斜前方的月乃也不例外。也許是在確認妝容化得如何吧，只見她正在偷偷看著手鏡。

「對了～一条同學和神宮寺同學可以幫我個忙嗎？」

點完名後，老師對我們喊道。

「請問要我們做什麼呢？」

「今天是你們兩個當值日生對吧？不好意思，等一下可以幫我把作業簿搬到教師辦公室嗎？」

我們學校的值日生，是由一男一女輪流擔任。今天剛好輪到我和月乃。

可是……我才剛打算和月乃保持距離耶……

「好的……我們等一下就會搬過去。」

「謝謝你。真是不好意思啊。神宮寺同學，妳可以嗎？」

「……好的。」

妳是有多討厭我啊？

「呵呵……不好意思啊。那就麻煩你們了喔……？」

看著沉默良久才回應的月乃，老師不禁苦笑。

在那之後，老師簡單地交代完注意事項後，便離開了教室。

「真沒辦法……還是快點把老師交代的事做完吧。」

「唉……今天真是有夠衰的……」

我指著桌上的作業簿說完後，月乃以厭惡的表情瞪著我。

但她並不是會把事情全推給別人做的那種不負責任的人。

「你絕對不能靠近我喔……？要是碰到我，我就告你性騷擾！」

月乃萬般無奈、千百萬個不願意似的抱起一半的作業簿。

※

前往教師辦公室的路上，我走在月乃數步之後，試著與她說話。

「是說，當值日生還真麻煩耶，而且還會很沒勁呢。」

「是啊，而且還是和你一起當值日生。希望以後永遠不會有第二次。」

「而且今天又有體育課和音樂課，都是一些奇怪的科目呢。」

「啥？這樣才帶勁好不好？一直上正課的話，不是會變白痴嗎？你果然很噁心耶。不要再來我家，趕快回自己家好不好？」

「……………今天天氣也很好呢，月乃。」

「幹麼特地說這個？除了白痴外，誰不知道天氣很好？啊，原來如此啊，因為你是只會念書的書呆子嘛。」

「有必要這樣說話帶刺嗎？」

從剛才起，月乃就一直對我發動猛烈的精神攻擊。而且冷得像冰一樣。就算我想和她說話攀交情，還是無法拉近心靈上的距離。不只如此，也無法拉近現實中的距離。為了不讓她發情，所以我不得不走在她數步之後。

恐怕是因為被我知道她拒男人於千里之外的原因，所以才會變得更凶吧。

但是，她一直是這種態度的話，我也會很傷腦筋。因為我身負「讓三姊妹習慣與男性相處」的工作，某種程度上想與她打成一片。雖然我得小心翼翼不要觸發她的性癖，但還是多多少少必須與她處得融洽才行。

想到這裡，我鼓起勇氣，直接說道：

「喂，月乃……我們應該要更和平一點相處吧？畢竟要住在一起，至少說話時不要這樣……」

「嗄？為什麼我非得和你說話不可？我才沒空理你呢！」

我的想法，完全無法傳遞給她。

「可是，妳也必須習慣與男性相處不是嗎？肇先生也說過，妳以後必須嫁進其他名門望族的家裡……以神宮寺家女兒的身分。」

「哼……既然有這種怪癖，我怎麼可能正常地和男人相處呢？所以我沒必要跟男人講話。當然，也不想跟你講話。」

「雖然妳這樣說，可是一直這個樣子，妳也會很困擾吧？不想辦法改掉這怪癖的話，說不定哪天會穿幫……」

「就說我不想和你講話了，你是聽不懂嗎？是說，你沒把我的事告訴別人吧？尤其是雪姊和花鈴……」

月乃瞪著我，以威脅的語氣說道。

「當、當然沒說啦。不過，我覺得就算告訴她們，應該也沒有問題。要不要乾脆和那兩個人談談，大家一起思考怎麼改善這個怪癖呢？」

我隨口提議道。

反正三姊妹全是變態，要是知道彼此的怪癖，說不定能一起思考如何矯正這些性癖好。咦？這點子意外地不錯呢……

就在我這麼想時——

「那種事怎麼可能說出來啊！」

月乃真的動怒了。

「為、為什麼不可能……？既然是姊妹，就算說出來也不會有問題吧……？」

「怎麼可能沒問題！正因為是姊妹，所以才不能說啊……！要是她們知道家裡出了這種變態，一定會很傷心的。而且，要是我因此被她們討厭……！」

說到這裡，月乃眼角閃著淚光。

這時我總算明白了。

月乃最怕的，就是被姊妹們知道自己的怪癖。然後被姊妹們討厭這件事，比任何事情還要來得恐怖。

也就是說，月乃就是如此喜歡她的姊妹。

假如我把「妳們三人其實全都是變態」的事告訴她們的話，月乃會因此感到輕鬆嗎？其他兩人也會開心嗎？

不。而且這種事絕對不能做。對她們來說，自己的性癖好是她們最重大的祕密。就算她們是姊妹，我也不能隨便把祕密洩漏出去。

而且，就算她們知道彼此的祕密，也不一定能因此感到開心。知道了彼此的祕密，說不定會破壞原本融洽的姊妹關係。

再說，知道大家都是變態，也可能讓她們澈底解放。假如她們不再隱瞞自己的變態癖好，聯手侵犯我的話，情況會比現在更危險。

所以，我絕對不能把三姊妹的祕密說出去。

話是這麼說，但是這樣一來，我該怎麼幫月乃才好呢……

「總之！我沒必要和你說話！」

我正思考著自己能做什麼，月乃又凶起我來了。

「比起這種事，要是跟你在一起害我的事被大家知道了，我會很困擾的！不管是住在一起的事，還是怪癖的事……所以！你絕對不可以接近我！」

「啊！月乃！」

月乃焦躁地吼完，頭也不回地跑開了。對她來說，我根本是觸動她發情的開關，可以理解她想避開我的心情。

但是，這個場所不好。只見想跑下樓的月乃腳一滑，從樓梯摔下。

「呀啊——！」

「危險！」

我把手上的作業簿扔在一旁，急忙朝月乃撲過去，伸手摟住她的身體，以免她摔下樓梯。

雖然總算趕上，兩人停在樓梯前，不過作業簿散落在四周，看起來還是很慘烈。

「呼～嚇死人了……喂，月乃，妳還好嗎……？」

我擔心地問道，但是……

「呼啊……呼啊……」

不知為何，月乃的樣子變得很奇怪。

只見她的臉漲得通紅，呼吸變得急促。這場面，很眼熟。

「吶，天真……」

月乃轉過頭，以恍惚的眼神看著我。

「我們來做……這種事吧？」

月乃立刻掀開上衣，向我露出被純白內衣包覆的豐滿乳房。

這傢伙，發情了啊啊啊啊啊啊啊啊啊啊啊啊啊啊啊！

在學校發情啦啊啊啊啊啊啊啊啊啊啊啊啊啊啊啊啊！

糟了，剛才抱住月乃，似乎不小心點燃她的慾火了！

幸好這裡離學生教室有段距離，附近沒有其他目擊者。

話是這麼說，但還是必須盡快讓月乃冷靜下來，以免被剛好路過的人看見……

「月、月乃……妳冷靜點！妳現在的狀況很不尋常……」

總之先試著安撫她再說。

「我一直都是這樣喔？哈啊哈啊……所以，我們來做舒服的事吧？」

不行了這傢伙！她的瞳孔已經變成愛心狀了！

「要是你會不好意思，我也可以主動喔。」

月乃倏地把手伸進裙子底下，接著毫不猶豫地脫下內褲。內褲和內衣一樣，都是純白的。然後她二話不說就把內褲罩在我臉上。

「什……！月乃！妳在幹麼啦？」

「這樣一來，你就什麼都看不到了吧？」

被月乃的內褲罩住臉，我的視野看不到任何東西。

接著，身體感受到一陣強烈的衝擊。

應該是被推了一把的關係吧，我向後跌坐在走廊上，而且身體被什麼壓住。似乎是月乃騎在我身上。

「你什麼都不用做，只要躺著就好。一切全交給我吧。」

「哇啊啊啊啊啊啊啊！不要！住手啊啊啊啊————————！」

喀嚓，皮帶被解開的聲音傳入我耳中，可以明白月乃正在脫我的褲子。再這樣下去，我的貞操真的會被她奪走的！必須快點大聲呼救……不行，呼救的話，月乃想姦淫我的事就會被發現了！這是怎樣！這樣一來我不就走投無路了嗎！

「放心，我會讓你很舒服的喔……？」

無視我心中的慌亂，月乃以嬌媚的口氣說道。

她把手放在褲襠的拉鍊上，緩緩往下拉……

「唉，最近的小孩子真是的，一點幹勁都沒有，成績又糟——」

「就是說啊。前幾天我出的隨堂考也——」

就在這時，對話聲傳入我耳中。似乎是有老師上樓，朝我們這邊走來了。

聽到那聲音，月乃突然停止動作。

「…………啊，我、我又……？」

月乃低聲呢喃，迅速地把內褲從我頭上抓下，對我怒吼道：

「～～～唔！都是你的錯！笨蛋！」

「啊！月乃！妳等一下！」

月乃留下滿地的作業簿，急忙地逃走了。

※

「唉……到底該怎麼辦才好啊……」

放學後，我垂頭喪氣地走在昏暗的歸途。

要問我為什麼直到這麼晚才回家，是因為我在圖書室找資料，想說有沒有什麼能對付三姊妹怪癖的方法。畢竟今早害月乃發情，必須想辦法防止那種事再度發生。

在找資料的過程中，我明白了一件事。某位心理學家說，性偏離的原因可能與幼年時期的壓力有關。恐怕身為名門之女，三姊妹從小就受到非常嚴格的管教。從肇先生的話聽來，她們小時候可能完全不能與男生玩在一起。也許是如此，才會培養出那樣的性癖好吧。這樣想想，還真是諷刺呢。

但是，就算明白變態的成因，也不知道該怎麼治好她們的變態。就算翻遍整間圖書室，也找不到如何治療她們的書。

「這樣的話……就只能和她們劃清界線了吧……」

我太接近她們的話，就有可能誘發她們的變態行為。既然如此，就由我主動和她們保持距離吧。

我和三姊妹同居，是為了讓她們有機會與男性接觸。但是肇先生也說過：「你不需要特地做什麼，只要和她們一起生活就好了。」也就是說，和三姊妹稍微保持距離，應該沒問題才對。

再說，為了避免她們是變態的事被肇先生知道，我也該盡可能和她們保持距離吧。只能先保持一定距離，再慢慢找出治療變態行為的方法。和月乃拉近關係什麼的，等治好變態癖好後再做也不遲。

「就這麼做吧……我再也不要主動和她們有牽扯了。」

我心中盤算著這些事情，抵達神宮寺家。

其他人應該都回來了吧。我作好心理準備、打開玄關的門，然後在走廊上前進。

「我回來了……」

「天真學弟！歡迎回來！」

雪音小姐從廚房跑出來迎接我。她穿著有荷葉邊的可愛圍裙，笑靨如花，似乎是打從心底歡迎我回家。

「你還好嗎？回來得這麼晚，難道說在學校發生了什麼事嗎？」

「沒什麼，我只是在圖書室找資料……」

「是這樣嗎！天真學弟總是這麼認真！真是了不起！好棒、好棒！」

雪音小姐一面稱讚我，一面把我抱進懷裡。

帶著一身疲勞回家時，能有可愛的女孩子出來迎接，一般來說，是非常幸福的情況吧？被可愛的女朋友或妻子說「很累吧？要先吃飯，還是先洗澡呢？還是先．吃．我呢」之類的——

「天真學弟看起來很累呢。要用鞭子？還是蠟燭？或者玩拷．問．遊．戲？」

雪音小姐從圍裙口袋拿出鞭子和繩索等各式各樣的ＳＭ道具如此說道。

「只要是為了天真學弟，不管哪種玩法我都能接受喔。所以你就儘管把我調教成你喜歡的形狀吧☆」

唔哇，出現了、出現了。我才剛回家，雪音小姐就立刻冒出超級被虐狂的本性。

「不用了，那個……我不想做這種事……」

我委婉地拒絕，把那些道具撥到一旁。不可以被她牽著鼻子走，必須盡快與她拉開距離。

「是說，妳現在正在做飯吧？不必管我了，先去把菜煮好吧。」

「沒關係啦～迎接主人是身為奴隸的義務嘛。」

「請不要隨便捏造我們的關係！我才不是妳的主人呢！」

她似乎非成為我的奴隸不可，不過我要確實地否認這件事。

「晚餐的話，請再等一下喔！因為我為主人做了很多菜。」

「就說我不是妳主人啦！妳快點回去煮晚餐啦！」

「我明白了，主人☆」

雪音小姐徹底無視我的話，轉過身，準備回到廚房。

轉身時，圍裙的裙襬飄了起來，我不經意地瞥了裙襬一眼……

接著，我啞口無言。

「……？」

雪音小姐的圍裙底下……什麼都沒穿。

不要說衣服了，就連內衣或內褲也都沒穿。因此，雪音小姐一轉身，姣好的背部曲線，以及又圓又翹的臀部便一覽無遺——也就是所謂的裸體圍裙。

「妳……妳……妳為什麼要穿成這樣啊——————！」

我激動地大叫，不由得連敬語都忘了用。

雪音小姐臉上掛著兩抹紅暈，笑著說道：

「因為，我是天真學弟的……是主人的奴隸嘛。奴隸不但要做好一切家務，還要在性方面服侍主人不是嗎？」

「就說我不是妳主人啦——！是說，妳穿成這樣，要是被月乃或花鈴看到該怎麼辦？快點把衣服穿好啦！」

「不用擔心～這個時間，她們都在房間裡用功喔。」

呿！不愧是姊姊，很清楚妹妹們的行動模式。

「再說，這也算是新娘修行之一喔？男性都喜歡裸體圍裙對吧？為了將來，所以應該要作預習不是嗎？」

雪音小姐說完便繼續做飯。只要她稍微動一下，又圓又翹的屁股就會誘惑人似的彈跳不已。不只如此，她宏偉尖挺的乳房還把圍裙高高撐起，從側面看過去，可以清楚看到豐滿的側乳——

「不對！一般來講根本不會做這種事啦——！」

就算要預習結婚生活，這樣子也太超過了。

「拜託妳行行好，把衣服穿起來！真不知道妳在想什麼！」

我以強硬的口氣說道，接著雪音小姐突然開始喘氣。

「哈啊哈啊……我惹天真學弟生氣了……我被主人罵了……！」

咦？這傢伙興奮起來了……？因為被我大吼，所以興奮起來了……？

「主人對不起！請你好好地教訓我這隻不乖的女奴！」

雪音小姐再次拿出剛才的皮鞭。嗯，太突然了，我完全搞不清楚是怎麼回事。

「因為，我是你的奴隸嘛。奴隸做錯事，當然要接受處罰不是嗎？所以學弟——主人！請你用力教訓我！」

……沒救了，這傢伙完全沒救了。她已經是完全救不回來的被虐狂了。

「我說啊……我從剛才就已經強調了不知多少次，我不是妳的主人，我絕對不會陪妳玩妳想要的那種遊戲。所以妳也該收斂一點，夠了！」

「別這麼說嘛。我只剩下你了喔？天真學弟。我的身體已經變成非你不能滿足的身體了喔？」

「不要說那種會讓人誤會的話！雖然說敢綁著龜甲縛站在全校師生面前，讓我很佩服妳的勇氣就是了！」

「為了不讓其他人知道，我可是很努力地壓下聲音喔。要是我更興奮，我說不定會全裸銬著手銬腳銬，在學校散步。當然，是在全校師生的面前。」

雖然聽起來很扯，不過這個人好像真的做得出來，實在是太可怕了。

「假如性慾一直沒有發洩，總有一天我真的會做出非常驚人的事也說不定。為了不變成那樣，你還是調教我吧？」

「這是哪門子的威脅啊？不可能啦！就算妳那麼說，我也絕對不會做的啦！」

「是嗎……你果然不願意嗎……既然如此，我也有我的想法……」

雪音小姐說完，突然把圍裙從肩膀脫下，露出自己的雙乳給我看…………啥？

「哇啊啊啊啊啊啊啊啊！妳在幹麼啦！」

「只要你收我為奴隸……這對胸部，就可以隨你玩弄喔？」

咦？她在說什麼？這個人到底在說什麼？

「只要是主人的要求，奴隸都絕對不能說不。所以不管你怎麼玩，都可以喔？不管是要摸、要揉、要捏、要舔或要吸都可以喔？怎麼樣？想收我為奴隸了嗎？」

雪音小姐在我眼前捧起自己的雙乳，上下晃動了起來。圓潤飽滿的胸部隨著她的手部動作，劇烈地彈跳不已，看起來極為誘人。

「就、就說不行啦！就算誘惑我也沒用！妳還是快點放棄吧！」

我身上背負著妹妹的未來與家計，絕對不能輸給這種誘惑！

「像妳這種變態，我是絕對不會奉陪的！妳還是死心吧！」

「啊嗯！」

我嚴正拒絕後，沒想到雪音小姐突然發出淫蕩的呻吟聲。

「咦……？」

什麼……發生什麼事了？

「主、主人……剛才那些話……請你再說一次……」

「剛、剛才的話……？」

剛才……我說了什麼嗎？

「……像妳這種變態，我是絕對不會奉陪的……？」

「嗯啊啊！」

雪音小姐再次發出怪聲，接著全身開始發抖。

「啊啊！不行了……！被這樣斷然拒絕……我好興奮啊……！」

「啥？」

「因為被主人罵『變態』……讓我覺得好舒服……！」

雪音小姐抱緊自己的身體，一臉滿足地直接蹲在地上。

就結果來說，她似乎自給自足了。

只見雪音小姐的表情從淫蕩漸漸恢復正常。

「呼……好久沒這麼滿足了。這都是託了天真學弟的福唷☆」

「是、是這樣嗎……？」

雪音小姐起身，對我露出聖母般純潔的笑容。

這個……該不會是……

由於性慾獲得紓解，恢復到她原本的樣貌了？變回普通的雪音小姐。

「謝謝你，天真學弟！為了聊表謝意，我會做出非常好吃的晚餐的！」

「謝、謝啦……」

雪音小姐以極為清爽的表情，再次煮起晚餐。

看來我的猜測果然是正確的。只要慾望獲得滿足，雪音小姐就能恢復正常。

其他兩人說不定也是如此。我似乎看到一點改善變態行徑的可能性。

感受到一線光明，我趁雪音小姐再次發作前，暫且先回到自己房間。

※

我回到房間，丟下書包便一頭倒在床上。

「不過……到底該怎麼做呢……」

只要性慾得到宣洩，三姊妹就有可能恢復成普通的狀態。雖然知道有這樣的機制，但是要宣洩性慾的話，我就必須和她們的奇怪性癖好攪和在一起。

但是我和肇先生說好了，絕對不能對她們出手。

話是這麼說，不過似乎也沒辦法照之前的想法，和她們保持一定的距離。因為被我知道祕密後，雪音小姐根本直接放飛自我，盡情對我展現她被虐狂的本性。就算我不靠近她，她也會持續主動逼近。

我開始認真思考，和這些變態住在一起的期間，我該擺出什麼樣的態度才好。

「還是先換衣服吧……」

我站起身，解開束縛人的腰帶，脫下襯衫與長褲，隨意地扔在一旁。接著我走向衣櫃，拿取居家服。

就在這時……

砰咚！衣櫃中傳來物體碰撞的聲音。

「…………」

我有不好的預感。

老實說，我很不想打開衣櫃。但是我的衣服全在衣櫃裡，不打開就拿不出來。

我作好覺悟，戰戰兢兢地打開門——

「啊哈！被發現了♪」

一絲不掛的花鈴正躲在衣櫃裡。

「唔哇啊啊啊啊啊啊！」

我嚇得跌坐在地上，倒退了三公尺。

不，其實我隱約知道會是這樣。因為不久之前才剛發生類似的事，所以覺得花鈴八成躲在裡面，但是……

「但是！為什麼是全裸的啊！為什麼要全裸啊！」

為了不看見她的裸體，我用力閉緊眼睛，把臉別到一旁。女孩子一絲不掛地闖進男人的房間裡，這應該可以報警了吧！

「咦？花鈴沒有全裸喔。請仔細看人家的身體。」

「咦……？」

我稍微睜開眼皮，遲疑地朝她看去。

……她的確不是全裸。應該說，她的乳頭與私處都貼著心形的貼紙。這就是所謂的胸貼嗎？幸好有那玩意兒，因此最重要的部位才沒有露出來。

話是這麼說，但她還是和全裸沒什麼兩樣。就算乳頭被遮住了，小巧的乳房仍然盡收眼底，而且柔軟白皙的腹部，以及使人忍不住想伸手摟住的細腰，全部一覽無遺。

「哈啊哈啊……學長正在看幾近全裸的花鈴呢……」

花鈴走出衣櫃，興奮地暴露自己的身體。

嗯，沒救了。這傢伙也是末期了。不能讓她繼續發浪下去。

「喂，花鈴！快點把衣服穿好！是說妳躲在這裡幹麼啊？」

「上次躲在這裡，讓花鈴有點覺醒……不覺得以極為羞恥的模樣躲在無處可逃的場所，讓人很是興奮嗎？只要一想像被發現時的下場……啊～～花鈴快受不了了。」

看來我的行動讓她的變態更上一層樓了。這孩子會不會太強悍了啊？

「吶，花鈴……求求妳，把衣服穿起來好不好？如果能回自己房間就更好。」

「咦？為什麼？學長不想多看幾眼花鈴又色又丟臉的樣子嗎？」

「誰想看啊！一般人才不會因此感到高興呢！還有，給我遮住身體！」

我從床上拿起被單，朝花鈴扔去。

「哇噗！怎、怎麼這樣……！學長真的不開心嗎？可以看到女孩子的裸體，男人不是都會很高興嗎？」

「那是漫畫裡才會出現的劇情吧……現實中，女孩子突然脫起衣服的話，一般男人可是會被嚇得落荒而逃的喔！」

就算是自己的女友，對方突然脫衣服的話，還是會被嚇到的吧。

「原、原來如此……這麼說來，比起變態的花鈴，天真學長比較喜歡姊姊她們那樣的女生吧……？」

「嗯、嗯啊……就是這樣……」

不，妳們根本半斤八兩？妳的變態程度，完全不下於兩個姊姊喔。

「嗚嗚……果然……比起變態的花鈴，姊姊們比較好呢……」

咦……？怎麼了？花鈴的表情有點變了。好像帶點陰影？

「姊姊她們都很優秀……雪音姊又會念書，運動又好，料理又好吃，而且還是學生會長，沒有比她更優秀的人了。月乃姊感覺就像時下的女高中生，有很多朋友，又懂得怎麼打扮……所以她們才會那麼受歡迎，是完美的姊姊。和她們比起來，花鈴只是個變態……花鈴現在覺得有點失意……」

「花鈴……」

聽起來，這孩子似乎對姊姊們抱著自卑感。

她平常活潑開朗，也和姊姊們處得很好，所以我一直沒發現這件事。不知道雪音小姐和月乃也是變態的花鈴，其實一直覺得自己比不上姊姊們。

「妳也很受歡迎啊……比如我班上的男生，看到妳的時候都很開心喔。妳對他們來說，簡直就和偶像一樣。」

「可是，姊姊們還是比花鈴厲害。她們做得到好多花鈴做不到的事。」

花鈴說完，乾笑了起來。

從我的角度看來，三人沒有什麼差別。她們全都是學校裡超受歡迎的女孩子，而且本性都是變態。不過在當事者的感覺裡，也許會有各種旁人無法理解的想法吧。

不，等一下……假如加以利用這種感情，也許可以矯正花鈴的癖好……？

「吶，花鈴。如果妳因為不如雪音小姐她們所以覺得不甘心……要不要放棄當變態？當個普通女孩子，不要這樣隨便暴露身體的話——」

「才不要！」

出乎意料地，花鈴一口否決了。

「假如是以前，花鈴也許會考慮一下。花鈴不想輸給姊姊們，而且被奇怪的男人看到身體的話，也有危險。所以一直以來，花鈴一直沒有做出真正的暴露行為。可是現在！花鈴有天真學長了！」

「這是什麼意思啊！這和我有什麼關係啊！」

「因為天真學長很正經。花鈴至少知道你不是危險的人。如果是學長，花鈴就可以放心地裸露身體！所以已經沒必要放棄當變態了！這都是多虧學長的福！」

什麼和什麼啊？雪音小姐和花鈴為什麼這麼信任我啊？就算對我抱著這種好感，我也完全不會覺得開心！

「不過，花鈴還是不想一直輸給姊姊們……有什麼方法可以贏過她們呢……」

「所以說，不當暴露狂，就沒這問題了啊……」

「對了！花鈴想到一個好主意！」

花鈴的表情一下子明亮起來。嗯，我心中滿滿不好的預感。

「既然如此，就只好把學長迷得神魂顛倒了！」

「啥？」

「要是同住一個屋簷下的學長，比起喜歡姊姊們，率先喜歡花鈴的話，不就等於花鈴贏了嗎？所以花鈴決定了，花鈴要攻陷天真學長！」

「這啥鬼理由啊！不要為了贏她們而利用我啦！」

「當然不只這樣而已。就花鈴個人來說，學長也是很好的人選喔♪而且花鈴用身體攻陷學長的話，就可以盡情裸露了，真是一舉兩得呢！」

「喂！拜託妳不要這樣啦！是說，妳只會做這種色情暴露的話，怎麼贏得過妳姊姊們啊？」

「可是，沒辦法嘛！因為花鈴想做色色的事嘛！所以花鈴要一面當個變態，一面勝過姊姊們！」

花鈴眼中發出堅定的意志之光。真不希望妳在這種方面奮發圖強。

「天真學長！你要一直陪著花鈴喔！為了滿足花鈴的色慾！還有，為了讓花鈴贏過姊姊們！」

花鈴甩開原本裹在身上的被單，再次露出身體。

「唔哇！」

我立刻轉身背對她。這傢伙的羞恥心是失蹤了嗎！

「姊姊們雖然很優秀，但是能像這樣裸露的，只有花鈴而已！來吧！請盡量看花鈴吧！然後迷上花鈴吧！」

「就說那種暴露法不會讓男人開心啦！」

這孩子，現在完全放開了。不只得意忘形地裸露起來，還從後面抱住我，把她小巧的胸部壓在我背上。

可惡！再這樣下去會被花鈴牽著走的。必須盡快想辦法離她遠一點……！

就在這時，門外傳來呼喚聲。

「天真學弟～晚餐煮好了喔？」

「！」

花鈴對雪音小姐的聲音產生反應。只見她瞬間捲起被單，躺在我床上。

緊接著，雪音小姐打開房門。

「天真學弟，晚餐──咦？花鈴也在嗎？」

「啊，雪音姊，花鈴現在正在和學長玩祕密遊戲～」

「咦？那是什麼遊戲？姊姊也想玩～」

「啊哈！不行♪這是學長和花鈴之間的祕密。」

得、得救了……

多虧雪音小姐的出現，我們才不至於跨越那條線。

──可是，情況比想像中的更糟。

不論是雪音小姐還是花鈴，就算我想與她們保持距離，她們也會主動對我做色情的行為。如此一來，說不定又會變成昨天那種場面──差點，或者真的被肇先生發現她們的祕密。

既然如此，就只好以治本為目標了。我要治好她們的變態，讓她們變成普通的女孩子。一天不治好她們的變態，我的未來就沒有保障。

「我一定要做到……為了妹妹，我非得讓那幾個傢伙變成正常人不可……！」

我作出新的決定，就算意氣用事也一定要矯正那些變態，讓她們重獲新生。

※

晚餐是相對和平的時間。

雖然三姊妹都是超級大變態，但是因為不知道其他人也是變態，而且還故意隱瞞自己的變態，所以沒人做出太超過的行為。

雪音小姐頂多只有不停地誇我，幫我加很多飯這種程度的付出；花鈴也只是盡情對我撒嬌而已。唯一有問題的，就是月乃一如往常地無視我。不過，和她發情時的模樣相比，冷淡的態度算是可愛的了。

晚餐後，又過了一會兒，大家開始輪流洗澡。

三姊妹分別入浴，最後才是我。

我在更衣室脫下衣服，走進寬敞的浴室。

我先以熱水稍微淋濕身體，接著坐在塑膠製的矮凳上，一面清洗身體，一面思考。

不用說，當然是思考那三姊妹的性癖好。

思考假如她們對我做出色情攻擊時，我到底該如何對應才好。我在腦中模擬各種情況的對應方式。

「久等了，主人。」

我正在思考時，更衣室的方向傳來說話聲，於是我朝更衣室的方向看去。

「咦……？」

更衣室與浴室之間的門悄悄地打開，一名女性——雪音小姐出現在我眼前。

那一瞬間，天真的眼睛睜到前所未有的大，眼珠子差點掉下。

雪音穿著只以幾條細繩構成的超暴露比基尼，是把覆蓋面積降到最低，把露出限度提升到最大的款式。她那巨大到毫無真實感的巨乳，完全無法收進只有那麼一丁點兒的布料之中。原本就已經很細的繩帶被胸前的巨大球體拉長到極限，隨時可能斷裂，使雙乳彈跳出來。

這幅光景就算是天真，也不禁看得目眩神馳──

過於刺激的場景，使我不由自主以第三人稱進行描述。

「雪、雪音小姐……？」

唔……！這麼快就出現了！想當奴隸的被虐狂少女！

在我毫無防備的情況下，女孩子突然出現。我對這個狀況感到又驚又羞，急急忙忙把毛巾綁在腰上。

與這樣的我相反，雪音小姐以展現自己身體般的動作，緩緩朝我走來。

「不好意思，突然打擾你了。」

「等一下！妳進來幹麼啊？」

「幹麼……當然是為了幫你洗背囉？」

……嗄？

「因為我是天真學弟的奴隸呀。幫主人洗背，是奴隸的義務對吧？」

這傢伙，因為我不陪她玩ＳＭ遊戲，所以主動把我扯進遊戲裡。

「我沒聽過這種義務啦……而且我自己會洗背，請妳現在立刻離開這裡！」

「你不必客氣喔？話說回來，男人的身體果然很健壯呢。」

「等一下！妳不要亂看啦！」

原來如此……她果然沒有出去的意思……

不過，我也不會一味地被玩弄！這次我已經準備好祕計了！擊退變態的作戰！

「沒關係的。我也會讓你看我的身體的。不然，就讓你摸摸看吧？」

雪音小姐說完，像晚餐前那樣，捧起自己的胸部。

「哦……可以摸嗎？」

我以充滿慾望的眼神看著她。

接著突然起身……朝她撲了過去！

「咦？呀啊！」

我強硬地把她推到牆邊，「咚」的一聲，用力把手放在牆上。也就是營造出所謂

「壁咚」的狀況。

我居高臨下地看著一臉驚訝的她，盡可能以下流的語氣說道：

「既然如此，今晚就讓我好好享受妳的身體吧？」

……當然，這不是真心話。

這是我訂定的作戰計畫——假裝真的要侵犯她。

雪音小姐和花鈴一定以為我是不會對女性出手的無害男性。否則不可能恣意妄為地做出讓我看裸體，或是跑進浴室一起洗澡這類荒唐的事。

可是我突然襲向她，讓她了解到男人的恐怖的話……

要讓她們明白自己的行動有多危險，以此減少她們的變態行徑！

我知道這麼做很對不起肇先生，但是想治好她們的怪癖的話，就非這麼做不可！我努力鞭策自己裝成壞人，拚命忍耐演出這種丟臉的模樣。

「怎、怎麼會這樣……天真學弟……！」

雪音小姐寶石般美麗的眸子溼潤了起來。

這個反應……！看來我的恐嚇有效——

「你終於有這個意思了嗎……？」

咦……？

「謝謝你！主人！請容我作為奴隸，竭盡全力侍奉您！」

嗄————？不對不對不對！這樣太奇怪了！

為什麼？為什麼這麼開心？我現在是獸性大發的狀態耶？一般女生都會因此感到害怕才對吧？

糟了！我太小看被虐狂了！對她來說，我的作戰反而順了她的心意！

「那麼事不宜遲，我立刻以全部的身體侍奉您☆」

「不、不是的！雪音小姐！我剛才是亂講的！請妳不要這樣！」

我拚命求饒，但是走火入魔的雪音小姐完全充耳不聞。

「我要開始了喔。」

雪音小姐為了拿取沐浴乳，走到我身旁。

這時，她的側乳進入了我的視野。

「！！？？」

那件泳裝太暴露了，從側面看過去，整個側乳一覽無遺。形狀姣好，雪白酥軟又有彈性的神聖巨乳。

不！不可以！不能看！這是惡魔的誘惑！

我立刻把頭轉開，刪除腦中的畫面。

無視我心中的各種煩亂，雪音小姐開始擠壓沐浴乳。噴在自己的胸部上。

「咦……？」

噗咻、噗咻，巨大的乳房上噴滿了黏稠的液體。

這畫面說有多猥褻就有多猥褻。接著，她開始揉搓起自己滿是沐浴乳的胸部。

「嗯……啊……！」

What……Happened？我不禁忘我地看著她謎一般的行動。

隨著她手指的動作，軟綿綿的兩團膨脹，淫褻地變形。如波濤般劇烈晃動的胸部時上時下，時而在空中劃出圓圈，盡其所能地吸住了我的視線。

數十秒後，她的胸口滿是泡沫。

「哈啊……哈啊……！那麼我要上了喔，主人♪」

「唔啊……？」

雪音小姐把她那沾滿泡沫的胸部按在我背上。透過背部肌膚，可以想像巨乳變形的模樣。

接著，她開始以胸部磨蹭我的後背。

「嘿咻，嘿咻……」

「唔咕！」

柔軟又帶著彈性的肉球在我背上暴動。泡沫發出「咕啾」、「噗滋」等淫靡的聲音，帶著柔軟的圓形物體強力地搓弄著我的背部。

這、這是什麼……這種感覺究竟……！

前所未有的觸感，無法言喻的舒爽。堅柔並濟的乳房，澈底療癒了我的背部。

老實說，這有點不妙。

就算是我，也無法不在這種情況下湧起情慾。持續這樣下去，我的理性會被磨耗殆盡的……！

必須盡快擺脫這種狀態才行……！

但是，就算想逃走，門在雪音小姐後方，她肯定會妨礙我逃出浴室的！

「主人，你覺得怎麼樣？舒服嗎……？」

雪音小姐以羞怯又溼膩的聲音問道。

「沒、沒有！我一點也不舒服！妳快點離開！」

「還不夠嗎？那不然，嘿！」

雪音小姐以雙手環住我，把身體從後方緊貼在我身上。

「唔哇啊！」

既然身體完全緊貼在一起，那麼雪音小姐的胸部自然比剛才更強而有力地擠壓在我背上。

足以稱為奢侈的彈性，以及包容一切的柔軟、滑嫩的觸感，比剛才更直接地傳達到我腦中。

雪音小姐維持著這樣的體勢，以比剛才更快的速度，唰唰地在我後背滑動。由於磨蹭得比剛才更用力，可以明白胸部在上下滑動的過程中，變形成什麼淫猥的模樣。

「哈啊……哈啊……」

不只如此，雪音小姐的聲音還愈來愈粗重，帶著妖豔的感覺。每當她呼出的氣息拂過我頸部，我就會全身起雞皮疙瘩。

這、這樣太不妙了……身體好像熱起來了……浴室的溫暖與雪音小姐的體溫，最重要的是，這種羞恥感……總覺得，自己變得好奇怪……意識也開始模糊……

「接下來，要換前面囉？」

「啥啊！」

雪音小姐的一句話，使我恢復理智。

她巨大的胸部離開我的後背，準備繞到我正前方。難道說，這個人不只背部，連正面她也想用胸部洗嗎？

「不、不行！請不要這樣！這是命令！主人的命令。」

「只有這件事，我無法接受命令喔☆」

「什麼啦！妳不是一直說想當奴隸嗎！」

既然如此，也只能二話不說地逃了！必須盡快逃離這裡不可！

我趁雪音小姐想繞到我前方時，迅速地起身，準備逃跑。

但是，我失敗了。

浴室地板本來就很滑，而且現在滿地都是沐浴乳泡沫。

該說不意外嗎？我一腳踏在沐浴乳上，再加上因為太急了，來不及反應過來，身體失去平衡，正面栽倒在地板上。

「——！」

「主、主人————————！」

一陣強烈的衝擊，隨之而來的是劇烈的疼痛。我下意識按著鼻子。

「好、好痛……」

「你還好吧？主……天真學弟！」

雪音小姐也終於停止她的色情遊戲，端詳起我的臉。

「啊……流鼻血了……！對、對不起啊！天真學弟！會不會痛？有沒有骨折？」

「沒、沒事……這種程度的鼻血，很快就會停了。」

我擦了擦鼻血，用手指輕輕壓住鼻粱。雖然摔跤時害我嚇了一跳，不過這種程度的傷其實沒什麼。

但是雪音小姐似乎真的覺得很抱歉。

「都是因為我太得寸進尺……！天真學弟，對不起！」

「沒、沒什麼啦……妳不用那麼自責。只是一點小意外而已。」

「可、可是！這完全是我的錯……」

雪音小姐失去笑容，整個人看起來不知所措。

看來剛才那一摔，似乎讓她相當氣餒。

「天真學弟，真的很對不起！可、可是我不是故意要造成你的困擾的喔。我只是有點太得意忘形了……因為你住進我們家，讓我很開心……」

「開、開心……？為什麼……？」

「那、那是因為……」

雪音小姐含糊其詞了起來。

但也許是因為害我受傷，使她覺得有責任吧，雖然難以啟齒，她還是繼續說道：

「因為我……至今一直隱瞞本性生活……因為我是這種變態被虐狂嘛……這個祕

密，我無法告訴任何人。不論父親還是朋友，甚至是我最喜歡的妹妹都不能說……這件事讓我憋得很難過……」

的確，假如有這種變態癖好，的確無法跟任何人說。

「可是，因為天真學弟來了……特別是知道我的祕密後，我真的覺得輕鬆很多。這樣一來我就不必一個人背負一切，而且還能以奴隸的身分，用身體盡情侍奉你，讓你調教我……！」

……怎麼說呢，雖然這番話說得真心誠意，但是內容很過分呢。

「所以對我來說，你是非常重要的存在……可以和你在一起，讓我非常開心，不小心就得意忘形了……可是！可是啊，天真學弟！」

雪音小姐以急切的表情對我說道：

「雖然這麼說很任性……可是，請你不要討厭我……！你是我很特別的人……對我來說，是絕對必要的人……」

「……！」

「所以，希望你從今以後也能待在我身邊。還有……還有……希望你能讓我當你的奴隸！」

啊～～～原來如此……

到頭來，結論還是這樣嗎………

不過沒想到，雪音小姐比我以為的還要煩惱自己的怪癖……一直以來，完全不能和別人討論這種性癖好，一定很難受吧。而且想不為人知地發洩性慾，想必不是一件簡單的事。

而我，在這種時候出現了。成為她唯一的救星。

怎麼說呢……知道雪音小姐的想法後，我也就沒辦法拒她於千里之外了。

她是重要的工作對象，假如有什麼除了我之外，沒人能為她做到的事，我就不能裝作沒這回事。

「唉……真沒辦法……」

看來我也只能作出覺悟——與有變態嗜好的她交往的覺悟。

「雪音小姐……我希望妳能成為『溫柔又純潔，所有人憧憬的大姊姊』。就像學校裡，大家以為的那樣。」

雪音小姐的優點，是讓人感受不到任何汙穢、如女神般的溫柔。不知道她祕密的人，全都對她有這樣的憧憬。

「怎、怎麼這樣……！像我這種人，沒辦法成為那麼了不起的人喔……？」

「不，我一直覺得妳是溫柔又優秀的人。可是，假如色慾會成為妳的阻礙……直到妳的怪癖被治好為止，我會適當地幫忙妳發洩慾望的。」

「天真學弟……你居然願意為我做這種事……？」

雪音小姐露出感動萬分的表情。

「不過！還是要有限度喔！不能色情過頭，也不能跨越最後那條線！」

她慾求不滿過頭時，可能會玩起危險的遊戲，使周圍的人知道她的祕密。我是為了預防那種事發生，才會決定以安全的方法幫她發洩性慾。

再說，只要性慾發洩完畢，雪音小姐就會暫時變回普通的溫柔大姊姊。就像進入聖人模式一樣。假如能一直那樣下去，性慾總有一天能得到滿足，怪癖說不定會因此消失，恢復成真正的人類。

她是真心為這件事感到煩惱，所以，只要我陪她發洩性慾，她說不定就能變成正經的人。既然如此，我就只能硬著頭皮上了。

當然，和肇先生的約定也很重要。所以絕對不能跨過最後那條線，也不能進行非必要的淫猥行為。話是這麼說，我同居的對象不是肇先生，而是雪音小姐。因此她的心情，我也必須同樣重視才行。

不論是為了雪音小姐，或是為了成功還清債務，我都一定要一面幫她發洩性慾，一面矯正她的怪癖！

「謝、謝謝你！主人！那麼我現在馬上幫你洗澡……」

「呃，不過……今天還是不要吧……」

從剛才起，鼻血就微妙地停不下來……在這種情況下做那些事的話，可能會讓人有點困難……

「啊？對不起！我馬上幫你止血！」

之後我們離開浴室，由不住道歉的雪音小姐為我仔細地止血和包紮。

※

昨天還真是慘烈。

但是也因此找出了與雪音小姐相處的方法。我決定一面陪她發洩性慾，以免她的祕密被人發現，一面幫助她變成真正的人類。

至於雪音小姐，似乎也因為昨天的事暫時得到滿足，這樣一來，短時間內應該不會再有奇怪的行動了……希望不會。拜託千萬不要出現奇怪的舉動……

通學的我，一面在車站月臺等著電車，一面靜靜地在心中這麼祈禱。

「天真學長，你還好嗎？感覺好像有點消沉？」

就在這時，一道聲音從旁邊傳來。

「嗯？沒什麼啦，我沒事……咦？花鈴？妳為什麼會在這裡？」

我早上並沒有和她一起出門。應該說，我和三姊妹一向是分開上學的，因為月乃討厭與我一起行動。所以和她們在月臺碰面，理論上來說是不可能的事。

「花鈴找藉口說想要上廁所，留下來等學長了喔。因為人家也想偶爾和學長一起上學嘛。」

「原、原來如此……是這麼回事啊。」

所以才會只剩花鈴在這裡啊？其他兩人應該已經搭上前一班電車了吧。

「欸嘿嘿～學長，好久沒和學長獨處了呢……」

花鈴自下而上地抬眼看我，以甜膩的語氣說道。

「不，並沒有獨處。周圍全是人喔。」

今天是平常日的早上。雖然這個站不是大站，但還是有不少通勤、通學的人睡眼惺忪地等著電車。

「不是啦！是指沒有姊姊們在場啦。」

花鈴可愛地鼓著腮幫子說道。

「家裡永遠有姊姊們在，沒什麼機會能像這樣和學長在一起嘛～總覺得這樣還挺新鮮的呢。」

「哦……嗯，也是啦……」

我的聲音自然而然地低了下來。花鈴那愉快的表情，讓我聯想到她脫光衣服時的神情。再說，不惜對姊姊們撒謊，也要留下來等我，總覺得不太單純。

「那個，學長……你好像很提防花鈴耶？人家可是會受傷的喔？」

「咦？沒有啦，我沒有提防著妳……」

看樣子我的戒心被她看穿了。只見花鈴悶悶地道：

「真是的……學長到底把花鈴當成什麼人了？熱愛侵犯男人的女色魔嗎？」

是的。老實說就是這樣。因為妳做的事差不多就是那種感覺。

「再怎麼說，花鈴都是花樣年華的女高中生喔？學長應該高興一點啊。」

「哦，嗯……不好意思……」

說得也是，我好像有點警戒過頭了。就算是花鈴，也不至於在這種大庭廣眾之下脫衣服吧。特地留下來等我，一定是單純想和我一起上學而已。

「對不起啦，我好像有點太神經質了。」

「哼。天真學長明明就很色，還要裝模作樣。你不但有那種漫畫，就連名字都很色呢。和『ＴＥＮＧＡ』那麼像。」

「不要把別人的名字拿來開玩笑！我叫天真！不是ＴＥＮＧＡ（註：天真的發音是ＴＥＮＭＡ，與知名飛機杯廠牌ＴＥＮＧＡ的發音相似）！」

「咦？電摩？」

「妳耳殘了嗎！不要什麼都硬扯到色情用品上啦！」

而且，拜託不要真的那樣叫我。有那種綽號的話，很容易會被霸凌的。

「是說，不要在外面講這種話題啦……」

「說得也是。花鈴有點得意忘形了。」

周圍也有同校的學生，要是被他們聽到就不好了。

「不過，兩人一起上學，幾乎可以說是約會對吧？花鈴一直很嚮往這種事呢～」

「妳也說得太誇張了吧？只不過是一起上學而已。」

「才不呢，上下學是不折不扣的約會喔！」

我們隨意閒聊起來。

過了一陣子，我們通學用且每站都停的電車滑進車站。

「學長，車子來了喔，我們快上車吧♪」

「喔，好……」

花鈴揪著我的制服，拉著我上車。

由於這是每站都停的列車，所以就算現在是尖峰時間，人也不多。我和花鈴一進入車廂，就走到相反方向的門邊。

我們將在五站後下車，乘車時間大約是十分鐘左右。不久之後，電車開始緩緩地移動起來。

「呵呵……天真學～～長……♪」

電車一開動，花鈴呼喚我的名字。我把原本觀察車上景色的視線移到她身上。

接著，全身僵硬。

「你要看仔細一點喔……？」

花鈴注視著我，開始把裙子向上掀。

她以只有我看得到的絕妙角度，緩緩掀起裙襬。花鈴緊實的大腿逐漸出現在我的視線中。

「妳……！笨蛋……！」

我硬生生將尖叫聲吞回肚子裡。

趕在沒人發現之前，我急忙按住她的雙手。

「啊♪學長，你突然有襲擊我的意思了嗎？」

「現在是說這種話的時候嗎！我說妳啊！不要這樣啦！這裡可是公共場所喔？做這種事是犯罪喔！」

再怎麼說都不能這樣吧！這傢伙果然不是什麼花樣女高中生，只是單純的女色情狂而已！

但是，就算我小聲斥責，花鈴還是一臉陶醉。

「因為……花鈴已經忍不住了嘛。再說，花鈴不是給所有人看。而是只有學長一個人可以看喔……」

「不對！就算是那樣也不行！做這種事太危險了！」

我拚命按住花鈴的手。但是這個舉止從第三者的角度看來，反而是我還更加像個電車痴漢！

就在這時，電車剛好抵達下一站。

「正好……花鈴，妳給我快點過來！我們要下車了！」

「咦？啊，等一下啦！學長！」

我拉著花鈴的手，強行將她帶下車。

※

「好了，給我說清楚。妳為什麼要做那種事？」

我一下車，就冷冷地逼問花鈴。

「如果只在家中裸露身體也就罷了……做出剛才那樣的行為，可是真的會被警察抓走的喔？」

花鈴應該也明白這個道理才對，所以才會說自己到目前為止，一直沒有做出真正的暴露行為。她應該也警戒著，不讓別人看到自己暴露的模樣。

「因為……有學長在，所以花鈴覺得沒關係了嘛。花鈴做暴露的事情時，學長會幫忙擋住，不過讓學長看到就沒關係。不覺得這樣讓人非常興奮嗎？」

「哪會啊！我只會提心吊膽，怕妳的祕密被人知道而已！」

「別那麼生氣嘛……再說，為了取材，這也是非做不可的事喔？」

「取材？什麼的取材？」

「就是──這個的！」

花鈴一面這麼說，一面讓我看她的手機畫面。螢幕上是推特的投稿頁面，好像是什麼漫畫。

「咦……？這是……」

「是花鈴畫的漫畫！」

自己畫的漫畫……？而且還公開在網路上？

喂喂，這孩子不是很厲害嗎？居然會畫漫畫。而且之前也在自己身上做人體彩繪，說不定她很有美術方面的才能喔。

可是，那和在電車上做暴露行為有什麼關係呢？

我接過手機，看著打上標題、畫了主角，貌似封面的頁面。

《暴露之道　五〇二話　～忘了穿內褲的上學之路～》

很像她會取的，加了很多料的標題。

不只如此，封面上掀裙子的女孩，外型還與花鈴極為相似。這根本是拿自己當模特兒畫的吧？還有，這回數太多了吧？已經畫了超過五百回了？

「因為花鈴的興趣很難在現實中實行嘛。所以，想做色色的事時，就會用畫漫畫的方式來發洩色慾。特別是天真學長住進來之前，一直都是這樣。」

「原來如此……這的確是安全的洩慾法呢。」

「再說，既然都畫成漫畫了，就會想發表在網路上，不久之前，開始有了人氣……現在的花鈴，已經是專門畫暴露題材的神祕作家，有很多粉絲了喔。」

「哇！真的耶！轉推數也未免太多了！」

這就是所謂的爆紅作家嗎……

「花鈴覺得很開心……雖然每次都被姊姊們比下去，但是畫漫畫的話，說不定就能贏過她們……為了畫出更有真實感的作品，就只能實際做做看了！」

這麼說來，花鈴一直對姊姊們抱持自卑感。看來，為了克服這種心態，她也是做了很多努力呢。

真的假的啊……那種變態行為的背後，其實有這麼深刻的原因……

「所以……學長，拜託你！請你陪花鈴玩暴露遊戲！為了消除花鈴的性慾，也為了贏過姊姊們，花鈴都需要你！」

喂喂喂……既然聽到這種理由，就很難嚴正拒絕了啊！

再說……經過昨晚雪音小姐的事情之後，我也有了覺悟——為了避免她們的性癖被其他人知道，幫她們發洩性慾的覺悟。

「啊～真是的……好啦……既然妳都說到這個地步了，我會幫妳忙的……」

「真的嗎？天真學長！」

「嗯……既然妳有這麼出色的才能，我希望妳能把它們活用在色情之外的地方。為了治好妳暴露狂的毛病也好……或是為了澆熄妳的慾火也罷，我都會幫妳發洩性慾的。以便讓妳有一天可以抬頭挺胸地贏過姊姊們。」

對花鈴來說，暴露癖是造成自卑感的很大一個原因。這次雖然藉由漫畫表現暴露的一面，反過來讓她充滿自信；但終究還是得讓她在色情以外的事物產生自信心。畢竟她不能對周遭的人承認自己是暴露狂。

為了她好，也為了自己好，我想要盡全力消除她的性慾。

「學、學長……你居然這麼替花鈴著想……」

花鈴感動到眼眶溼潤。

「不過在電車裡做那種事還是太危險了。因為那完全是犯罪行為。」

「不然，花鈴該怎麼做呢……花鈴想在人很多的地方脫衣服，還想被學長看到花鈴在眾人之前脫光的模樣！」

「呃，就算妳這麼說……妳先等我一天吧。我一定會幫妳準備好能安心、安全地在眾人之前暴露身體的環境。」

我這麼說完，總算安撫了花鈴，和她一起普通地上學。

※

和花鈴約定好的隔天早上，我們一起來到神宮寺家的客廳。

這個豪宅的客廳，就和一般有錢人家的客廳一樣，為了採光，使用了一整片的大玻璃。隔著院子，可以從巨大的窗戶看到外頭的馬路。由於這是通勤通學時會使用的道路，所以現在路上有不少行人。而這樣的毫宅與這樣巨大的窗戶，也吸引不少人朝神宮寺家看過來。

花鈴站在窗戶前，把裙襬掀到腰部。

「哈啊哈啊……花鈴在這麼多人面前露內褲……！」

由於窗前沒有遮蔽物，平時只要有人朝窗戶這邊看過來，一定就能發現花鈴正在露內褲。

不過現在卻沒人發現這件事。因為……

我把這面巨大的玻璃窗，變成了魔術鏡。

「學長……真的沒問題嗎……？外面的人，真的不會看到花鈴的內褲嗎……？」

「放心，絕對不會被看到。」

今天就算有人從屋外看向窗內，窗戶上也只會反映出他們的臉而已。但是室內的人，可以清楚地看見外頭的景色。

昨天回家後，我思考該如何完成與花鈴的約定。

她說想在眾人面前裸露，而且想讓我看到那樣的場面。可是，我不能讓她在公共場所那麼做。假如想安全地實現花鈴的願望，就必須創造出「花鈴能在大眾面前裸體，但是大眾看不到她裸體」的環境。

到底該怎麼做，才能達成這樣的條件呢？我拚命思考，最後想到以前打工的大型五金行賣的防竊玻璃貼。我用那種玻璃貼，把客廳的大窗戶變成了魔術鏡。

以前打工時，同事不小心打錯叫貨數量，害我拚了老命才把那些玻璃貼賣完。

這次，我決定用那種玻璃貼來幫花鈴做暴露行為。

我先把窗戶擦得乾乾淨淨，把灰塵與油汙全部清除。接著小心地把玻璃貼貼在窗戶上，注意不讓氣泡混入其中。

想在巨大的玻璃上貼膜，是非常困難的事。但是為了讓花鈴安全地當個暴露狂，就必須盡全力做好這件事。我花了一整個晚上，總算完成了這艱鉅的任務。

嗯……真的很有病。就連我自己，都知道自己在做蠢事。

可是，我有保護家人的使命。而且一直以來，不論工作有多困難，我的自尊心都不允許我做到一半放棄。所以這次，我也不能因此半途而廢！

多虧了這樣的決心，我總算完成了與花鈴的約定。這樣一來，花鈴就能在絕對不被人發現的情況下，在眾人面前裸露身體了。由於月乃和雪音小姐已經先去上學了，所以花鈴再怎麼露內褲，看到的人也只有我而已。

「怎麼樣？可以當成畫漫畫的參考嗎？」

「可、可以……！花鈴是第一次……享受這麼舒服的事……！」

第一次真正地當眾露內褲，似乎讓花鈴非常興奮。只見她的臉紅得像蘋果一樣，呼吸也急促了起來。

「天真學長！你看！花鈴正在做丟人現眼、傷風敗俗的事！請你好好看著變態的花鈴！」

「……！」

花鈴將裙子維持在掀起的狀態，將內褲脫下，在窗前裸露下半身。

再怎麼說，我都不能正視這種場面。但是為了她，我也不能奪門而出，只好以側眼觀察她的情況。

「啊啊……花鈴做了好淫穢的事……花鈴現在，沒有穿內褲……被天真學長看到花鈴恬不知恥的樣子……！」

她轉身背對窗戶，將屁股向外頭的方向突出。小巧渾圓、帶點青澀感，如蜜桃般光滑的屁股。

「啊啊……啊啊啊……！花鈴受不了了！學長！請你看遍花鈴全身吧！」

把恥部直接對著外界，似乎讓她更興奮了。只見她褪下裙子，脫下上衣，解開胸罩，最後將全身裸露在空氣之中，接著……

「哈啊……哈啊……！好舒服喔喔喔喔喔喔喔喔！」

花鈴高潮似的不住顫抖，享受前所未有的暴露之樂。

※

「學長，真的謝謝你！託你的福，花鈴的漫畫看來可以前往新的境地，而且還舒服到不行……！」

盡情享受過暴露之樂，好好把衣服穿回去後，花鈴向我道謝。

「嗯，只要妳能感到滿足，我的辛苦就有價值了……不過相對地，以後不能隨便在外頭做變態的暴露行為喔？」

「沒問題！以後就要麻煩學長陪花鈴一起做色色的事了！」

這種說法……她還是沒有完全得到滿足嗎……？不過至少她現在獲得滿足，露出一臉可愛學妹的模樣。假如能繼續這樣下去，總有一天她應該也會做膩那些事，變成普通的少女吧。

「那麼丟臉又舒服的事……自己做的話絕對不會有那種感覺。所以對花鈴來說，天真學長果然是不可或缺的重要存在！」

「還是一樣，讓人不知道該不該高興的說法……」

雪音小姐之前也說了差不多的話，但可以的話，我希望能因為更正經的原因被她們喜歡。

「學長，真的是太謝謝你了！那麼拚命地幫花鈴設想……能幫花鈴做這麼多事的人，只有天真學長而已！今後也要請你多指教了！」

花鈴再次對我深深鞠躬，露出如天使般的笑容。

「啊，乾脆也幫花鈴在學校窗戶貼上這個玻璃貼好了！這樣一來，花鈴就可以隨時暴露了！」

「拜託千萬不要。」

我一面剝下窗上的玻璃貼，一面誠心誠意地說道。

※

花鈴的事暫時搞定，這樣一來，三姊妹的其中兩人，就有了固定的對應方法了。

「接著……問題就只剩月乃了。」

放學後，我走在回家的路上，思考該如何和月乃相處。

她今天也依舊澈底躲著我。不論是在教室時，或是在走廊上擦肩而過時，只要稍微靠近她一點，她就會露骨地和我拉開距離。

不過，這也是沒辦法的事。我之於她，就像發情的開關。前幾天也是，因為被我碰到而發情，而且還是在學校裡。

那時候她只不過稍微被我摟住就馬上發情。照那樣看來，她隨時都有可能不分時間地點地對任何男人發情。假如發情地點是公共場所，她的人生或許會就此完蛋……

該如何治好她的怪癖？該如何與她相處？我必須盡快決定好方針才行。

「……咦？」

手機在口袋中震動了起來。我仔細一看，是肇先生打來的。

難道說，三姊妹的怪癖被他發現了？

我冷汗直流，以顫抖的手指按下通話鍵。

「喂、喂……我是一条……」

『你好啊，天真同學。我女兒們受你照顧了。』

肇先生一如往常地以充滿威嚴的聲音說道。

『突然打電話給你，真是不好意思。你和我女兒們相處得還好嗎？』

「很、很好！我們感情很融洽，沒有任何問題！」

從肇先生的聲音聽來，他似乎沒有生氣。我在心裡鬆了口氣。

『那真是太好了。這樣拜託你，似乎也沒問題……』

「咦？」

『其實我有件事想要拜託你。』

有事要拜託我……？總覺得有不好的預感……

『我希望你能在一星期後的週末，陪我女兒們出席宴會。』

「宴會……嗎？」

『那是每年都會舉行、集合了政商名流的宴會。以前都是我帶著女兒們參加，但是我今年有工作，沒辦法參加。所以我希望你能代替我陪她們去。』

和那三姊妹一起參加全是政商名流的宴會……？

也就是說，月乃也會一起去……？

『放心，不是什麼驚人的場子，只是普通的自助式宴會而已。之所以希望你能同行，也只是因為我放心不下女兒們而已，你不需要特地做什麼。當然，作為工作的一環，我會另外給你津貼的。』

工作的一環。被這麼一說，我就無法拒絕了。

為了還清債務，我不能惹肇先生不高興。

『不過，這宴會也會有許多名家公子出席，其中說不定有我女兒們的未來夫婿。希望你能幫忙注意，別讓我女兒們做出什麼失禮的事。如何？你願意接下這任務嗎？』

「是……我當然會接下。」

『聽你這麼一說，我就放心了。詳細內容我會再發信聯絡你。那麼我女兒們就拜託你了。』

肇先生說完，切斷通話。

原來如此……我必須帶著那變態三姊妹出席宴會，而且絕對不能出任何差錯。

「咦？等一下，這下子該怎麼辦……？」

萬一月乃在會場發情，被眾人知道她是變態，神宮寺三姊妹的風評會一口氣跌到谷底的。當然，我必須為此負責，最後被開除。

從肇先生的話聽來，月乃已經參加過好幾次那個宴會了，但是不保證這次也能平安度過。如果像上次那樣不小心被哪個男人碰到，她說不定會襲擊其他男人。

另外那兩人的怪癖不會突然發作，所以還好，但只有月乃那傢伙的發情怪癖，非盡快治好不可。

總之，要先和月乃和解才行。接著再一起思考該如何改善怪癖。這也是為了彼此的將來好。

我快步走回家，穿過還不熟悉的玄關，然後直接走向月乃的房間。

※

那是一本很有厚度的書。

感覺和字典差不多厚，但並不是艱澀的書。封面上好像大大印著可愛的女孩子，那究竟是什麼書呢？月乃緊張地以發顫的手翻開封面，正要看向第一頁時——

我在她身後說道：

「喂，月乃，妳在幹麼？」

「呀啊啊啊啊啊啊啊啊啊啊啊啊啊啊啊啊啊！」

只見她像卡通人物般從椅子上跳起，直接摔倒在地上。她正要翻開的書，也一起掉在地上。

「什麼……？你為什麼在我房間？可以別隨便進來嗎？」

「不、不是啦……我在外面叫了好幾次，不過妳都沒反應……還有，妳也不必嚇成那樣吧……」

這反應，很明顯是作賊心虛。她到底在看什麼書啊？

我好奇地朝掉在地上的書本看去——

《爆乳親密接觸！我和肉感妹子的啪啪教學☆》

「為什麼妳會有這本書啊啊啊啊啊啊啊啊啊啊啊！」

對了，這本書，雖然我想還回去，但是又覺得帶到學校很危險，就一直放在我房間裡了！

驚訝與羞恥，使我的腦袋差點沸騰起來。

月乃自暴自棄地道：

「對、對啦！這是你房間裡的色情漫畫啦！」

這個傢伙，什麼時候進我房間偷的啊？

是說，為什麼月乃和花鈴都知道色情漫畫在哪裡啊？究竟怎麼找到的？難不成書上有味道？色情漫畫特有的味道？

而且月乃……還特地進到她那麼討厭的我房間……

「難道說，月乃，妳根本不是有怪癖，只是普通的色女而已……？」

「咦……？才、才不是！我不是為了那種原因才看的！」

月乃用力搖著雙手，拚命否認。

「不然妳說是為什麼啊……？這可是色情漫畫喔？除了因為那種原因，還會有什麼原因啊？」

「那、那是因為……！為了治療我的怪癖啦！」

月乃沒頭沒腦地道。怪癖和色情漫畫有什麼關係？

「因為……我的怪癖是，只要稍微產生一點色情的感覺，就會變得無法控制自己。所以我在想，假如能習慣看這種漫畫，說不定能變得正常一點……」

「哦……原來如此……」

「但是這種書我又不可能自己買！所以只好從你那邊借了……因為我想，你應該會有這種東西。」

的確，現在的月乃，對情色沒有任何抵抗力。如果能習慣看色情漫畫，說不定就能多少控制住發情的怪癖了。

什麼嘛。之前明明講得像已經放棄了一樣，她其實還是很想治好怪癖的嘛。不對，說不定是上次的意外，使她產生這種想法。這是很好的傾向。

「不過，我想這樣應該沒辦法治好喔。」

「啥？為什麼？」

被我否定，月乃激動了起來。拜託不要瞪我，這樣很恐怖耶。

「因為妳只是稍微被我碰到一下，就立刻發作了不是嗎？在習慣看色情漫畫的同時，不連真實的男人一起習慣的話，應該沒辦法改善那種怪癖吧。」

正因為不習慣與異性相處，所以才會稍微被男人碰一下，就變得春心蕩漾。既然如此，她該做的就是累積與男人交往的經驗值。

「怎麼這樣……我必須在有這種怪癖的情況下，和男性接觸嗎……？」

解鈴還需繫鈴人。想治好發情怪癖，就只能和男性多接觸了。

發現治好怪癖比想像中的困難，月乃無力地垂下肩膀。

「所以啊，妳就和我相處吧。」

也因此，我盡可能以開朗的口氣說道。

「咦……？」

「想培養對男性的抵抗力，最有效的方法就是與男性有實際的接觸。就這點來說，住在同一間屋子裡的我隨時可以接近不是嗎？而且說起來，我就是為了這個目的，才住在這裡的。」

我的工作就是讓三姊妹習慣與男性相處。

對於幫月乃克服怪癖，這應該會是很大的助力。

「可、可是……就算說要有接觸，實際上又該怎麼做……？我說不定又會變成那個樣子……」

「所以說，一點一點慢慢習慣。首先是一起上學或一起吃飯。再說，反正我已經知道妳的祕密了，就算妳發情，也不怕祕密洩漏出去對吧？」

比起被其他人知道這個祕密，還不如由我作為發情的對象。

不過月乃還是很猶豫。

「但是，我還是覺得很丟臉……我再也不想被人看到那種樣子了……」

月乃拚命找不做的藉口。

我以諄諄善誘的口吻對她說：

「我說月乃啊……妳不是想治好怪癖嗎？既然如此，總有一天都要面對妳不擅長接觸的男性吧？不然，妳就很有可能會一輩子都這樣喔？」

對於一向敬男性而遠之的月乃來說，我提出的那些簡單要求也許很難做到；但是，她必須明白那是必經的考驗。這一切都是為了讓我能順利結束同居生活，最重要的是，也為了月乃今後的人生著想。

「把我當成練習對象，一起努力改善吧？」

「…………！」

月乃凝視著我的臉。也許是明白我的心情了吧，她眼中散發光芒。

「沒錯……確實就像你說的……」

只見她下定決心似的咬著嘴唇，用力點頭。接著直視我的雙眼，以帶著決心的口吻說道：

「我明白了。既然如此——我絕對不做！」

一說完，她立刻想穿過我身邊逃出房間。

等、等一下！

「喂！妳幹麼逃啊？」

我趕緊搶到門邊，早一步擋住她的去路。

「因為做不到啦！你是要我和你打情罵俏對吧？我才不想做那種事呢！」

「我也不想啊！而且說起來，如果真的和妳打情罵俏，那才糟呢！」

「既然如此就別做啦！你幹麼堅持一定要做那種事啊？」

「因為不做的話，我會被開除的！再說，妳也想治好怪癖不是嗎？」

「話是那麼說沒錯，但還是很恐怖！你一定想趁機侵犯我對吧？」

「差點被侵犯的明明是我耶！」

在那之後，我們吵了大約兩小時，最後，我總算說服了月乃。

第四章　不能做色色的約會嗎？

「來……來，天真……啊～～？」

月乃用筷子夾著番茄，對我露出與陌生人說話時那種生硬的笑容。

「啊、啊……」

我則像太久沒上油的機械似的，以僵硬的動作吃下番茄。以老婆、前女友、小三和炮友偶然齊聚一堂的心情咀嚼著食物。

「好、好驚人的場面……月乃姊居然會對天真學長『啊——』地餵他吃東西……天要下紅雨了嗎？」

「月、月乃，妳還好嗎……？要不要幫妳叫救護車……？」

「……拜託妳們，不要管我……」

和我們同桌的另外兩人，露出天地異變的震撼表情看著我和月乃。

那也是當然的。因為在這之前一直躲著我的月乃，突然和我打情罵俏了起來。

為什麼會這樣呢？那當然是為了治好月乃的怪癖。

那天，總算說服了月乃，我開始思考該如何具體地幫月乃習慣與男性相處。

想習慣男人的話，果然還是只能直接與男性接觸。而我住進這個家的使命，就是以月乃等人的臨時夫婿身分和她們一起生活。綜合這兩件事，最後就變成以這種方式讓月乃做「在不發情的情況下和我打情罵俏」的練習了。

雖說要練習打情罵俏，不過還是得從簡單的事開始做起。所以我想，可以從餵對方吃飯這種超簡單的事開始。

而那作戰，終於在今天正式實行。

「好、好吃嗎……？天真……？」

「嗯、嗯……很好吃喔……」

「太、太好了……這樣一來，我努力做早餐就值得了……」

不對，早餐是雪音小姐做的。

月乃渾身發抖，嘴角抽搐，說出套路臺詞。雖然是不會碰到身體的簡單打情罵俏，不過她還是做得很艱難，看得出很不擅長與男性相處。被她影響，連我的態度都顯得不自然了起來。

「月乃……難道說妳喜歡上天真學弟了？」

「咦！騙人的吧！月乃姊什麼時候……？」

至於不知道實際原因的另外兩人，則產生了這樣的誤會。

「為什麼？為什麼？這是怎麼回事？你們已經在交往了嗎？」

「居然一聲不響就……偷跑也未免太奸詐了吧——！」

「啊～不是啦……！妳們不要管我啦！我今天很忙的！」

月乃對不斷逼問自己的兩人發完脾氣，飛快地吃起自己的早餐。順帶一提，她用的筷子和對我「啊——」時用的不一樣。

「咦？月乃，妳今天要出門嗎？」

「是、是啊……我有點事……」

「這樣啊……妳一個人出門……？」

「不、不是……是要和……這傢伙一起……」

月乃以百般不願意的表情指著我說道。

今天是週末。我們說好要利用假日，一起出門做習慣與男性相處的特訓。

「兩個人一起出門……不就是約會了嗎？」

會這麼想也是當然的。而且實際上，我們就是在練習約會沒錯。

「只和月乃姊出去，這樣太奸詐了啦——！花鈴也想和學長約會啊！」

「真好……我也想和天真學弟一起出門……」

「就說不是那樣啦！這是為了習慣和男性相處做的特訓啦！」

月乃用力拍桌，大力否認。

「這傢伙說要當我練習如何和男性相處的對象啦！喂，你也說清楚啊！」

「咦？哦，嗯……沒錯，我們只是在做特訓。」

被月乃一瞪，我也只能點頭。

「什、什麼嘛……原來是特訓啊……」

「真是的……月乃姊，不要嚇花鈴啦……」

兩人露出明顯鬆了口氣的表情。

「可是……就算說是特訓，月乃還是選了天真學弟當練習的對象呢。其實妳真的喜歡他吧？」

「啥？」

「理由呢？選天真學長的理由呢？難道說是從接吻開始的戀情嗎？」

也許是放心了的緣故吧，兩人開始聊起戀愛方面的話題。

「月乃，妳如果有戀愛上的煩惱，要說給姊姊聽喔？我會當個好聽眾的。」

「也要說給花鈴聽喔？不能隱瞞喔——？」

「啊～～真是的！吵死了！就說不是那樣啦！」

結果在這之後，兩人持續開著玩笑，月乃則是否定到最後。

※

早餐後，我和月乃一起離開神宮寺家。
按照預定，開始幫月乃做特訓——出門約會。
「唉……她們為什麼那麼纏人啊……」
月乃和我保持距離，邊走邊嘆氣。她穿著拉鍊式的連帽外套，底下是可愛的貼身背心，下半身則穿有荷葉邊的裙子。
「不過她們都是好姊妹呢，感覺會幫妳的戀情加油。」
世界上不乏嫉妒手足談戀愛、無法誠心祝福手足的姊妹。和那些人比起來，神宮寺姊妹的感情可以說是非常好，是非常為彼此著想的姊妹。
就在這時，我手機傳來收到信的提示音。我一面與月乃聊天，一面打開信件。
『雪音小姐：今天一整天，月乃就拜託你了。ＰＳ：這是和我玩放置PLAY嗎？我好興奮啊♪』
唔……說不定她們只是太變態了而已。

「哼，她們只是想拿我尋開心啦。是說，接下來要幹麼？你應該想過了吧？」

「是、是啊，當然想好了。妳只要安心地跟我走就好。」

「你擬定的約會計畫……總覺得不會有什麼好事呢……」

真是沒禮貌的傢伙。我可是為妳想了很多耶。

「唉～～第一次約會的對象居然是你，真是爛斃了……既然都是要約會，真希望是更帥的對象。」

月乃踢著路邊的石頭如此說道。

「我也想和更像樣的人約會啊……話說回來，妳居然會在意約會對象帥不帥？妳不是討厭男人嗎？」

既然那麼討厭男人，而且對約會沒興趣，照理來說，根本不會在意第一次約會的對象是誰吧？

「我只是因為有這種怪癖，才避著男生而已。其實我也想談戀愛啊。別看我這樣，其實我小時候也很普通地喜歡過男生喔。」

月乃不知為何得意洋洋地說。

「哦？是怎樣的男生？」

「嗄？和你又沒關係，幹麼跟你講啊？」

「別這樣嘛，說說看啊。也許能成為治好妳怪癖的提示喔？」

月乃還沒得到發情怪癖前的事，是很寶貴的資訊。那時的戀愛，說不定隱藏著能治好怪癖的突破點。

「這、這麼說也有道理……既然如此，我就說給你聽吧。不過，那其實是我五歲發生的事情……」

月乃無奈地說起自己的愛情故事。

「小時候，附近有個和我年紀差不多的男生，我每天都和他玩在一起。原因是……那男生在我被欺負時，挺身保護了我。在那之後，我們就一下子變得很要好。我每天都和他在一起，最後就喜歡上對方了。」

「哦……好厲害的五歲小孩啊。」

挺身保護被欺負的女生，這可不是普通能做到的事。至少我就做不到。

「上小學時，我們就分開了……直到現在，我都還記得那種喜歡的感覺。到目前為止，我真心喜歡過的人，只有那個男孩子而已。只是，那都過去很久了，我也早就不記得對方的名字了。」

她有點開心地笑著說道，表情稍微柔和了下來。看來那時的回憶，比月乃以為的還寶貴呢。

而且她也比我以為的還要純粹，我因此對月乃產生了好感。

「話說回來，你沒有這種經驗嗎？從以前就一直喜歡的人之類的。只有我說就太不公平了，你也說說自己的初戀吧。」

「咦？我的嗎……？我沒有那種經驗呢……首先，我對戀愛根本沒興趣。」

「唔哇——真是無趣。也罷，反正像你這種沒女人緣的男人，沒八卦可以聽也是很正常的。」

要妳管。

「啊，不過，以前有個女生和我滿要好的……我們在同一間補習班補習，她就坐在我旁邊。那時候的我不怎麼用功，但她總是很認真寫習題，而且還努力地教我算數。多虧了她，我有一次考到滿分。那種感覺很棒，所以後來我也開始認真念書。她搬家時給我的信，我到現在仍然很寶貝地收著。」

「哦～！這故事不賴嘛！雖然比不上我的故事精彩感人就是了！」

「哼哼！」月乃得意地笑道。嗯……真是麻煩的女人。

「不過話說回來，如果能治好這怪癖，我想和那男生再見一次面……謝謝他當時保護了我。以我現在這個樣子，和他見面說不定會失控，所以我不敢見他……」

月乃以前所未見的認真神情說道。表情很有普通女孩的感覺。

「再說！我也想普通地談戀愛！不顧慮怪癖什麼的，盡情地和男朋友打情罵俏！就像普通女孩那樣！」

月乃很起勁地說出至今絕不會說出口的言論；不過這恐怕才是她的真心話吧。

「原來如此。既然如此，就必須為那樣的將來而努力了呢。」

既然如此，我也該盡可能地幫她忙。

我一面附和著她，一面朝她伸手。

「……？你的手在幹麼？」

「看不懂嗎？這是牽手的意思。」

「啥？」

月乃拔高聲音叫道。

「因為這可是特訓喔？想治好怪癖的話，就要習慣和男生接觸不是嗎？」

再說，如果連牽手都做不到，會很傷腦筋的。連這種程度的接觸都不行的話，怪癖很有可能穿幫，而且有可能像上次在學校時那樣，因為一點小意外而發情。

「是沒錯……不過，你該不會只是想趁機偷摸我的手吧……？」

「怎麼可能啊！我才沒有那種興趣呢！」

對我來說，這完全是工作的一環。絕對沒有吃豆腐的意思。

其實依照肇先生與我的約定，我是不能做這類碰觸的。可是，為了達成「讓三姊妹習慣與男性相處」的目標，這麼做也是逼不得已。雖然對肇先生感到抱歉，但我還是必須這麼做。

「好、好啦……那我就，稍微努力看看……」

「先提醒妳，這裡是大馬路，妳可別亂發情喔？」

「我知道啦！我才不會屈服在你這種人手上呢！」

這種說法，感覺起來我像是什麼大魔頭似的……

但是不論如何，我都必須在月乃的決心還沒動搖之前，快點握到她的手才行。

我向月乃遞出手，月乃也緩緩地把手朝我伸來。兩人的手指一點一點地，但是確實地愈靠愈近。

最後，我們的手輕輕握在一起。

月乃的手小巧，但是很溫暖。掌心傳來輕柔又似有若無的感觸，彷彿只要稍微用力一捏，她的手就會被捏壞似的。

「怎、怎麼樣？還可以嗎……？」

「當然了。這種程度當然沒問題了。」

我小心翼翼地問著，月乃則是以稀鬆平常的態度回道。太好了，看來牽手似乎在她的忍受範圍之內。

月乃就這樣握緊我的手，然後用力拉著向前走。

「……？喂，月乃，妳怎麼了？」

「咦？沒有啊？什麼怎麼了？」

「不是啦，沒事妳幹麼拉得這麼用力——」

「我只是想順便繞個路。」

月乃說完，把我拉到旁邊公園中，枝葉茂密的樹叢裡……

「就……讓你摸一下而已♪」

她把我和她交握的手，按在她的胸部上。

不，月乃啊啊啊啊啊啊啊啊啊啊啊啊！

妳根本一握手就發情了嘛啊啊啊啊啊啊啊啊啊！

我掌心中充滿豐滿、軟綿綿的，但是又富有彈性的觸感。

「天真，多摸幾下吧……要摸得更用力一點喔？」

與平時不同的溫柔口吻，恍惚的眼神。

呼吸逐漸慌亂了起來。

「哈啊哈啊……天真！你已經是我的了！我是絕對不會放開你的！要我放開天真？

不、不可能！天真是我的！天真！天真！天真————嗯————嗯嗯嗯！」

「月、月乃……？」

「天真！天真！天真嗯嗯嗯嗯嗯嗯！嗯啊啊啊啊啊！啊啊！啊啊啊嗯……哈啊哈啊……嗯啊啊！嗯啊嗯嗯嗯！我想被天真揉胸部！我想被天真這雙有男人味的大手抓胸部！順便連屁股一起抓！我想被天真打屁股！還想被天真揉屁股！而且我也想揉天真的屁股！揉啊揉啊揉！聞啊聞啊聞！啊啊啊啊我受不了了！好香啊！天真的味道好香啊！啊啊啊啊嗯！啊啊啊！啊！啊！啊————！」

月、月乃……壞掉了……

「月乃！妳這個笨蛋！妳發作得比平常更嚴重耶！」

「哈啊哈啊，天真……！天真啊啊嗯啊啊嗯嗯嗯！」

我拚命地把巴在我身上聞體味的月乃剝開，努力在路人經過前讓她恢復理智。

※

「嗚嗚……我又做了……」

「從一開始就前途多難呢……」

果然，只是被男人稍微碰觸一下，月乃就會完全發情。看樣子，不盡快治好這個怪癖的話……

我讓月乃冷靜下來後，帶著她搭電車，來到一開始的目的地。

這是附近一帶評價不錯、裝潢美氣氛佳的咖啡廳。我們進入店裡，在靠裡面的安靜座位坐下。

接著我點的是……一個杯子上插著兩根吸管，情侶用的果汁。

「喂……你為什麼要點這種東西啦……？」

「當然是為了要兩人一起喝囉。」

嗯！月乃以這種表情看著情侶飲料。我堅定地對她說：

「這是為了習慣與男性相處做的特訓。照剛才的反應看來，離摟肩膀或摸頭之類的動作還早得很。所以我是從最安全無害的動作開始練習喔。」

兩人同喝一杯飲料。可以在不碰觸對方身體的情況下做某種程度的深度交流。可以說是正式的肢體接觸練習前的暖身運動。

「安、安全無害嗎……？這樣，不是等於間接接吻了嗎……！」

「間接接吻的話，異性朋友之間也會做不是嗎？比如大家同喝一瓶飲料之類的。」

雖然我沒做過就是了。

再說，月乃曾經只因為喝了我用過的杯子就發情，這個訓練，也是為了防止那種事再次發生。

「不論如何，連這種事都做不到的話，會很傷腦筋的。連這種訓練都拒絕做的話，妳根本不可能治好那怪癖。那樣一來，就永遠沒機會談戀愛了。」

「我、我知道了啦……只要做就行了吧……？」

月乃不情不願地含住其中一根吸管。她似乎作好覺悟。

「那……要開始了喔……？」

我也含住另一根吸管。

然後，兩人開始慢慢喝起果汁。

順帶一提，我點的是柳橙汁。清爽又酸酸甜甜的味道在口中蔓延開來。

「…………」

我看向月乃，月乃難為情似的移開視線。反正四目相對也只會尷尬而已，不做也沒關係。只要她不發情就沒問題。

不過……實際做了才覺得：從第三者的角度看來，我們兩人的這場面，應該非常蠢吧？雖然是我提議要做的，但還是不免感到羞恥。

不想被其他人發現自己在做這種事，於是我在意起旁人的視線，以眼角觀察周圍人們的反應。

然後……

「哇啊～感覺很不錯耶。」

「對吧？我之前就很想進來看看了。」

「不過，男生進這種店很奇怪吧？」

「我們從來沒進過咖啡廳呢～」

「…………！」

我發現最壞的情況。

踏入店裡的兩男兩女，是我和月乃的同班同學。他們全都是班上的陽光中心人物。雖然我和他們不熟，不過月乃和其中的兩個女生應該滿要好的。

這下可危險了！

要是被他們看到我們的模樣，一定會誤以為我們正在交往。那樣一來，可能會對我們的生活造成麻煩。假如其他人好奇地打探我們的隱私，使同居的事曝光的話，三姊妹應該會很困擾吧。

再說……假如月乃現在發情，情況會變得更糟糕。要是月乃的怪癖在學校傳開，她會身敗名劣，我八成也會因此失業。

月乃……對了，月乃還好嗎？我拉回視線，確認她的情況。

「哈啊……哈啊……天、天真……」

月乃早已放開吸管，開始喘氣了。

呀啊啊啊啊啊啊啊啊啊！不要啊啊啊啊啊！別興奮起來啊啊啊啊啊啊啊！

月乃沒發現同班同學的存在，開始對我發情。只見她猛然起身，移到我身邊坐下。

接著，她脫下外套。

「天真……我們來做舒服的事吧？」

不好了不好了不好了不好了！會穿幫的會穿幫的會穿幫的會穿幫的！

「不、不行！妳快住手！我不要和妳做舒服的事！妳不可以舒服起來！」

我盡可能安靜地拒絕月乃，以免被那四人聽見。

「那不然……我們來做壞壞的事？」

「意思不是一樣嗎！」

「歡迎光臨——總共四位嗎？請坐在那邊的位置。」

耳邊傳來店員引導班上同學就座的聲音。好死不死，他們的位置，正好在我們的正後方。女生們坐在背對我們的椅子上，男生們則坐在她們對面。

啊————————！為什麼！為什麼要坐在這裡！店裡不是還有很多

空位嗎！兩個男生可以清楚看見我和月乃耶！

「我問你們喔，你們想喝什麼啊？」

「我今天想喝紅茶，這邊不知道有沒有加香料的那種茶——」

「一般來說，在這種店裡會點什麼啊？」

「不知道耶，點咖啡之類的應該可以吧？」

兩個男生只看到我們的背影，所以似乎還沒發現我和月乃的存在。但是只要月乃對我動手動腳，一定會引起他們的注意，進而發現我們是誰。可說是窮途末路的情況。

只要月乃一發情，一切就真的完了。再加上月乃現在已經失去理智，想和她一起安靜地逃走，是不可能的。

喂！月乃！拜託妳！妳這次千萬不要發情！拜託妳一定要控制住性慾——！

「天真……我已經忍不住了……！我們一起來做色色的事嘛？」

月乃以雙手擠著自己的胸部，一面強調它們的豐滿，一面引誘我。

喂！變態！喂喂喂！妳這變態！

沒救了。再過五秒我就會被她侵犯。只要她露出那種淫蕩的表情，就算我不想，她也會霸王硬上弓侵犯我。

這樣一來……就只能使出絕招了。我本來不想用這一招。

要是月乃在人多的地方發情，她的人格真的會破產。考慮到這一點，我在出門前就準備好對策了！

「喂！月乃！不要看我，看這個！」

「咦？」

我從口袋中掏出一團布塊，拿到正準備脫衣服的月乃面前。

那是我的手帕。但不是普通的手帕。

「這、這是……天真的內褲……？」

沒錯。這是我用自己的內褲做成，用以擊退月乃的專用手帕。

「內、內褲……天真的內褲……嘶——呼——……嘶哈嘶哈——！啊啊……！有色情的味道……！天真的味道，好色喔……！」

就如我料想的，月乃的注意力從我轉移到手帕，開始專心地聞起內褲的味道。

知道她是變態的那天，從她特地潛到我房間聞內褲這件事可以知道，月乃會對我穿過或用過的東西感到興奮。所以，假如她真的在眾人面前發情，我的對策就是以內褲來當作替身。

但是，帶著內褲出門很像變態，所以我改以其他的形式——把內褲改造成隨身攜帶也不會有問題的手帕，放在口袋裡，和月乃一起出門。

我的家政成績一直很高分。進高中前，為了提高申請入學的成績，我把裁縫手藝練到職業等級。之所以能使出這招，其實是我平時努力的成果。

嗯，這樣很奇怪呢。做這種事，我很奇怪呢。但是，為了不被月乃侵犯，就需要這種等級的護盾。

因此，我完全無視理性對自己做的「我到底在幹麼啊」的吐槽，挑燈夜戰，完成了這條手帕……嗯，我到底在幹麼啊？

「哈啊哈啊……天真，天真啊啊……我的身體熱起來了……！」

月乃以極為淫蕩的表情不斷嗅著我的內褲手帕。順帶一提，內褲當然是洗過的。

不論如何，她只是聞手帕發情而已，所以不會被路人報警處理。而且比起侵犯我，她的動作小了很多，因此班上同學也不會發現我們。

內褲手帕。多麼美好的對月乃專用決戰武器。

我以內褲手帕讓月乃安靜下來，等班上同學離開後，再帶著總算冷靜下來的月乃離開咖啡廳。

※

「唉……很遺憾，第一次的練習，以失敗作收……」

「嗚嗚……爛死了……我又做了那種事……」

月乃以雙手遮臉，看來她是真心感到後悔。

「既然如此……下次我一定要成功！我一定要克服這個怪癖！」

但是，失敗似乎點燃了她的鬥志，使她變得充滿幹勁，與剛才判若兩人。

「好！就是這種氣勢！那麼我們來做下一個練習吧！」

我趁著她的幹勁消失之前，帶著她前往第二個練習場所。

我們來到咖啡廳附近的大型遊戲中心。

就我個人來說，遊戲中心是學生約會時的地點。

但是月乃似乎不怎麼滿意。

「遊戲中心……這沒什麼約會的感覺吧？」

「別這麼說嘛。這個遊戲中心裡，有適合練習的機種喔。」

「就算你那麼說，但這未免也太遜了。在遊戲中心約會真沒意思耶。就和你一樣沒意思呢。」

月乃滔滔不絕地酸我，連我都不得不佩服她的口才流利。

「沒辦法，只好將就陪你了。雖然真的很無聊。」

月乃高高在上地說道，同時走入遊戲中心。

※

「好，我們來做下一個練習吧！」

我一進入遊戲中心，拉高聲音說道。

「用不著裝模作樣啦。到底是什麼練習，快點說啊。」

相較於我，月乃的反應非常冷淡。呿，我還特地想炒熱氣氛呢。

「很有幹勁是好事啦……那麼，第一個練習……就是那個！」

我指著前方不遠處的某臺機器說道。

機器外牆有漂亮的女性照片，入口處掛著簾子。也就是……

「說到在遊戲中心約會，首先就是要拍大頭貼不是嗎！」

「咦……！」

看到機體後僵住的月乃，發出非常厭惡的聲音。原本的幹勁消失無蹤。

兩人一起擠在狹小的空間裡，感情融洽地一起拍照——這就是第二個訓練。

「我、我才不要！待在那麼窄的地方！我一定會失控的啦！」

「我們不就是為了避免那種事發生，才來做特訓的嗎？再說，在這裡就不必擔心了喔？就算真的失控，也不會被別人看見。」

大頭貼機臺外有門簾，看不到裡面的樣子。就算真的發生了什麼事，也不會輕易地被外頭的人知道。

「就、就算你這麼說……可是那種類型的大頭貼機，會要求拍照的人做各式各樣的動作喔……？而且有些還很那個……」

「是啊，會要求做各種動作呢。」

雖然我自己沒拍過就是了。

但是我事先作過調查，所以大概知道是怎麼回事。這種類型的大頭貼機會以各種指示來引導拍照的情侶，讓他們自然地做出各種親密動作。

這次的訓練，就是做完所有指示的親密動作，讓月乃習慣與男性接觸。假如能在不發情的情況下做完所有動作，就表示訓練成功。

「不要！絕對不可能！我一定會產生奇怪的感覺！」

「喂喂，妳剛才的氣勢呢？再說，光是這樣就不行的話，妳怎麼有辦法完成之後更激烈的訓練？」

「咦？騙人！你根本只是想吃我豆腐吧！」

「才不是——！不要把別人講得那麼難聽啦！」

如果我有那種念頭，早就直接出手啦！

「我說啊……妳可以更信任我一點。還是說，現在直接放棄特訓？假如這怪癖一直沒治好的話，早晚會被花鈴和雪音小姐知道也說不定……」

「嗚……！…………好啦！我知道了！做就做嘛！」

這句話總算讓月乃產生鬥志。她果然不想被另外兩人知道這個祕密，和我一起走向大頭貼機。

進入機臺裡，我拉上門簾。機臺內部的空間意外地寬敞。如果只是站在裡面，就連月乃似乎也不至於發情。

「好了！快點做吧！只要能通過這考驗，我一定能變成普通女孩子……」

「加油吧。我很期待喔。」

我和月乃一起出錢，把硬幣放入投幣口裡，接著選擇情侶模式，機器的喇叭便傳出輕快的音樂，開始以聲音引導我們。

『首先，兩人一起比ＹＡ！』

第一個指示，非常輕鬆簡單。

「什、什麼嘛……這點小事根本沒什麼……」

月乃以鬆了口氣的表情比出V字手勢。拍照完畢後，機器作出下一個指示。

『接下來，兩人抱在一起！』

難度一下子提升許多。

「啥——————？不行不行！不可能不可能！」

「我們只能做了。妳看開點吧，月乃。」

「不要！不行！我一定會變奇怪的！」

月乃滿臉通紅地拚命搖頭。

可是，一味拒絕的話，就完全沒有改善的空間了。

「妳不行的話，就由我來吧。」

我說完，輕輕抱住她。好像有碰到，又像沒有碰到的擁抱。

「……！」

「忍耐一下，很快就過去的。」

我確實地，但是不會過度用力地用雙手轉動她的身體方向。

「嗚～～～～！」

月乃一面呻吟起來，一面努力把持住意識。也許是努力忍耐著情慾吧，只見她整張臉變得通紅。

仔細想想，這個動作和在學校摟住她時的動作差不多。也許是因為有上次的經驗吧，這次月乃努力壓制住情慾。

可是，下個要求，超過了她可以忍受的極限。

『再來，兩人對著鏡頭親親——！』

「不行——！」

一聽到聲音的指示，月乃立刻大叫拒絕。

「那種事，我怎麼可能做得到——！」

「妳、妳冷靜點月乃！看螢幕！快看！」

我指著前方螢幕，畫面上的範例是女友親男友臉頰的場面。雖說是親親，但是似乎不必嘴對嘴。

「怎麼樣？月乃？這樣的應該還行吧？」

「嗚嗚……這種的，和接吻不是沒什麼兩樣嗎……！」

「好了、好了！月乃快點！不然機器要拍照了！」

喇叭正傳出「3、2、1……」的倒數計時聲。

「啊～～～算了！會變成怎樣我不管了！」

月乃大叫著，一把揪住我，朝她的方向拉近，接著在我臉上親了一下。柔軟的嘴唇碰觸我的臉頰，「啾」的一聲，響起輕快的聲音。

然後——

「天真嗯嗯……我最喜歡你了……」

就澈底發情了。

上一秒的猶豫就像不曾存在似的，她用力抱住我的身體。

「可惡……果然變成這樣了……」

老實說，我確實猜過會變成這樣。但我還是對月乃有所期待，覺得她應該能克服這樣的挑戰。

『女生抱住男生的手——！』

機械無視我們的情況，繼續作出下個指示。

月乃在我耳邊甜膩地呢喃道：

「天真……我們來拍色色的大頭貼吧？」

月乃一下子脫掉上衣，將身體貼在我手臂上。

「唔哇？」

『3、2、1……啪嚓！』

機器在我做出反應前發出快門聲，拍下月乃上半身只穿白色內衣的羞恥照片。

『這次換男生摸摸女生的頭——！』

機器一作出指示，月乃立刻脫下裙子，露出和胸罩成套的純白內褲。

起初是上衣，接著是裙子。每當機器作出新的指示，月乃就會脫下一件衣物。這算什麼啊？脫衣遊戲嗎……？

「不行！不能再脫了！再脫下去妳會變得和花鈴一樣的！」

「接下來脫內褲吧？」

「就說不能再脫了——！」

就算從外頭看不到裡面的情況，也不能在遊戲中心全裸。

我急忙掏出內褲手帕，防止月乃繼續失控下去。

※

月乃恢復冷靜後，我小心翼翼地問道：

「呃……接下來呢？我姑且還有準備其他的練習啦……」

「總之……先暫時休息一下吧……」

月乃以失去霸氣的聲音回道。

唉，會有這種反應也是當然的吧。連續發情，對她的打擊應該很大。

我們來到休息區，在長椅上坐下。

「唉……做這些事，真的能治好我的怪癖嗎……？」

「不能說可以馬上治好……但也絕對不是沒有意義的事。只要習慣和男性相處，發情的次數一定會減少的。」

到目前為止的訓練，全都沒有成功。可是回顧拍大頭貼時月乃的反應，可以感受到她有所成長。只要繼續下去，一定會有成果的。

「總之，練習才剛開始，還是再繼續一下看看吧。」

「是是是，休息過後我會繼續練習的……咦？那邊的布偶……」

月乃喃喃自語。

「嗯？怎麼了？有什麼事嗎？」

「沒、沒有………那個，可以稍微等我一下嗎？」

月乃思忖一下後，向我問道。

「咦？可以是可以，不過為什麼？」

「因為我想稍微玩一下。」

我好奇地跟著她，來到不遠處的夾娃娃機前。

「妳很會夾娃娃嗎？」

「沒有，很普通。只是偶爾會和朋友來玩。反正多夾幾次，總是會夾到的嘛？」

月乃以游刃有餘的態度從錢包拿出零錢，毫不猶豫地放入投幣孔。

※

「啊——真是的！又失敗了！為什麼！爪子的抓力設定得太弱了吧！」

月乃完全陷入苦戰了。

一開始的游刃有餘不知跑哪兒去，現在的她已經變成「在遊戲中心存錢的人」。

順帶一提，月乃想夾的，是大型的兔子布偶。那布偶被放在兩根懸空的鐵棒上，一端的距離較窄，一端的距離較寬。只要讓布偶從鐵棒之間掉下去，就可以得到它。

但是，月乃已經投進三千圓了，兔子還是沒有掉下來。

「還是別玩了吧？這應該是那種要花很多錢才能夾到的類型吧？」

想讓布偶掉下的話，就必須先用爪子將它慢慢朝鐵棒距離較寬的那邊移動才行。但是因為爪子的抓力設定得很弱，一次只能移動一點點距離。照這樣子看來，想夾到那隻兔子，可能還要再花上好幾千圓吧。

我誠懇地勸道，但是月乃不肯放棄。

「不要！我一定要夾到！就算把錢包裡的錢用光！」

「有必要在這種事上爭輸贏嗎……為什麼要這麼激動啊……？」

看著像小孩子般意氣用事的月乃，我傻眼地說道。

可是──

「因為花鈴一定會喜歡這個嘛！」

月乃突然說出妹妹的名字。

「帶它回去的話，花鈴一定會很開心。她超喜歡兔子的，所以我一定要夾到它。還有後面那隻貓也是。我一定要把那隻送給雪姊。」

原來如此……不是為了自己，是為了姊妹們夾的啊？

不是為了自己的面子，是為了姊妹們的堅持。為了讓姊姊妹妹開心，就算用光自己的錢，也在所不惜嗎？

這麼說來，我也有這樣的經驗。以前我和葵去遊戲中心時，為了夾到葵想要的布偶，也是花光了自己為數不多的零用錢，和夾娃娃機奮鬥呢。

也因此，我能明白月乃的心情。既然如此，我就不能阻止她了。

「真沒辦法……借我一下。」

「啥……？你要抓？不可能啦。現在裝帥的話，等一下會更丟臉喔？」

「反正借我一下，我先試試再說。」

「啊！等一下！不要突然靠過來啦！」

我擠開月乃，站在操縱臺前。接著放進硬幣，開始移動很不可靠的爪子。

接下來，我精密地調整爪子的角度，一點一點地移動兔子，在花了將近一千圓時，兔子從鐵棒上落下。

「喏，拿去。」

我從洞口拿出兔子布偶，交給月乃。

「好、好厲害……為什麼你可以只抓幾次就夾到？」

「因為經驗值不一樣啦。」

國中時，我常看喜歡玩夾娃娃的朋友操縱機器。

「那、那！你能幫我夾到那隻貓咪布偶嗎？雪姊一定會喜歡它的！」

「應該可以吧。只要錢還夠用的話。」

「要花多少我都出！」

月乃毫不猶豫地從錢包中掏出福澤諭吉的萬圓紙鈔。

※

「不過，月乃真的很喜歡她們兩人呢……」

我換完零錢，一面自言自語，一面走回月乃所在的夾娃娃機處。

就在我看到月乃的身影時——

「……嗯？」

她的樣子有點奇怪。而且她身邊似乎有其他人在。

「啊！月乃——！好巧！居然可以在這裡遇見妳——！」

「嘿唷～月乃！妳在這裡做什麼？」

「咦？夏帆和麻由里？嚇我一跳……！」

那是……剛才在咖啡廳碰到的同班同學！沒想到那四人也來這裡玩了……不，這裡離咖啡廳很近，就算過來玩也不奇怪……

重點是，假如我現在回到月乃身邊，會被他們懷疑我們的關係。

我決定移動到離他們有點距離的地方，偷偷觀察月乃和他們四人的情況。

「妳一個人來玩？好難得啊。」

「是、是啊……我剛好出來閒晃……」

「哦～我們現在要去唱歌，妳要一起來嗎？」

「反正妳本來就是一個人出來玩嘛，應該沒差吧？走啦、走啦，一起玩嘛～」

女生們開開心心地邀請月乃。

「呃……雖然我也想去……」

但是月乃和平常不一樣，並沒有直接答應她們。

是顧慮到和她一起出門的我，所以才不乾脆地答應嗎？說不定也有那種成分在內吧，但這八成不是主要理由。

只見她以警戒的表情看著一起出現的兩名男同學。

「呃，月乃同學……我們也會一起去，可以嗎……？」

「不想的話，我們也不會勉強妳啦，要去嗎……？」

他們當然也知道月乃討厭男人的事，所以客氣地徵求同意。

但是，另外兩個女生卻毫不在意地說：

「有什麼關係嘛！月乃妳偶爾也該和男生一起玩啦～」

「對啊、對啊。明明長得這麼可愛。來，和他們再靠近一點吧～」

「啊！等一下！麻由里！」

名為麻由里的女孩，為了不讓月乃逃掉似的，從後方架住她。

另一個女孩，則把其中一名男同學的身體往月乃面前推近。

而且還很沒神經地——

「好了、好了，月乃，來和男生相親相愛～首先從牽手開始吧？」

「咦……？啊啊！等一下——！」

強迫月乃與男生作肢體接觸。

「唔哇！不好了！」

我不由自主地叫道。

直接碰到男生的話，月乃會不分時間、地點和場合，當場發情的。假如她現在發情，全校都會知道她的怪癖。

最重要的問題是……那兩個男生會被月乃侵犯！

假如月乃在這裡發情，那兩個男生一定會被她推倒，被她做各種難以啟齒的事。這樣一來，很有可能在男孩子的心中留下無法抹滅的創傷。

我是親身體驗過被女生突然襲擊那種恐怖的人。不能讓不相關的人經歷那種事，讓他們成為受害者。我必須立刻阻止她們才行！

「啊！可是不行！我出面制止的話，我和月乃一起來的事就會曝光了！」

那樣一來，會出現其他問題！班上同學會開始打探我們的事！

「可惡！到底該怎麼辦……！」

就在這時，某種得以起死回生的道具映入抱頭不知該如何是好的我眼中！

「這、這是——」

娃娃機中的禮品——馬頭面具。

只要用這個，就能遮住臉了！

幸好，這類惡搞用玩具的機臺相對好夾，並非難以取得。我立刻掏出百圓硬幣，奇蹟般的一次就夾到馬頭。

接著我迅速戴上馬頭，衝到月乃等人面前。

同時大聲怪叫：

「嘶嘶——！嘶嘶嘶嘶——————！」

「「「「！！？？？」」」」

在場的五人同時看向我，張口結舌地全部僵住。

「嘶嘶——！嘶嘶嘶嘶——————！」

我裝成瘋馬，手腳並用地朝四人衝去。

「唔哇！這傢伙是什麼東西？好噁心啊！」

「不是變態，就是神經病！快逃吧！」

「喂！你們別跑那麼快啊！等等我！」

「唔哇啊啊啊！妖怪！不要過來啊啊啊啊！」

四人爭先恐後地逃開，連滾帶爬地跑出遊戲中心。

很好！總算趕走他們了！這樣他們應該就不會再回來了。

不過那些傢伙……雖然反應在我意料之內，但是也不必嚇成那樣吧？特別是男生們，我可是拯救了你們的貞操啊！居然叫我妖怪，真是沒禮貌。你們反倒該感謝我耶。

「天、天真……？」

月乃喚著我的名字。就算看不到我的臉，光看衣服，似乎也認得出我是誰。

我以拿下面具作為回應。這馬頭戴起來既悶熱又臭，戴起來還滿痛苦的。

「呼……果然是你……」

看到我的臉，月乃似乎也放心了。她嘆了口氣，靠在夾娃娃機上。

「喂，妳還好嗎？沒被他們碰到吧？」

「嗯、嗯……沒問題……」

太好了。看來勉強趕上了。

「真是的……那些傢伙還真是傷腦筋耶。要是沒這個馬頭面具，下場不知道會變成什麼樣子呢。」

假如月乃在那種情況下真的發情……光是想像，我就毛骨悚然。

「我、我問你喔……你為什麼要那麼拚命地救我……？」

月乃突然直視著我的眼睛問道。

「嗯？」

「你不是為了不讓我的怪癖曝光，才趕走他們的嗎……為什麼要那麼做……？甚至還裝瘋賣傻……」

呃，要說的話，我真正想保護的，應該是男生們吧……

話是這麼說，但月乃的怪癖曝光的話，也是非常危險的一件事就是了。

「當然是因為，這是我的工作啊。再說，妳這麼努力想治好怪癖，要是因為那種事而失敗，我會很不甘心的。」

就算是為了妹妹和媽媽，就算是為了讓月乃的努力有所回報，我都有幫她的義務。

因為我接下了肇先生的工作。

「所以，我會那麼做也是當然的。直到治好妳的怪癖為止，我絕對會保守祕密。」

「是、是這樣嗎……哦……是這樣啊？」

月乃不著邊際地回道，而且臉頰似乎有點發紅，感覺就像快失控了……

「喂、喂……月乃，妳還好嗎？該不會又快發情了……」

「不、不是啦！我沒事……應該說，就算被碰到，好像也沒有反應……」

「咦……？」

就算被碰到……這是什麼意思？

「其實剛才，我和那男生有稍微握到手。在被碰到時，的確差點發作了。但是你出現之後，我就漸漸冷靜下來了……」

月乃歪著頭，不可思議地說著。看來她自己也不清楚為什麼。

「難道說……月乃，妳的怪癖治好了？」

既然性慾可以沉靜下來，不就等於發情癖消失了嗎？

「咦……？是這樣嗎……？可是聽你這麼說，好像有點道理……」

「太、太好了！我們快點來測試看看吧！來做下個練習！」

我充滿期待地開始進行下個練習。

※

「唉……我已經厭倦這個世界了……」

黃昏時分，我和月乃離開遊戲中心，走在回家的路上。

月乃走在我身邊不遠處，不停地嘆氣。

很遺憾，在那之後的訓練，月乃還是連連發情。由於怪癖沒有治好，使得她的情緒非常低落。

「我根本和水蚤一樣……就算活著也沒有意義……是生態系最底層的存在呢……」

雖然我不是不明白她的心情，但是這也沮喪過頭了吧。

「是僅次於天真的廢物呢……」

我比生態系的最底層更低賤嗎？

「乾脆全部毀滅好了……地球為什麼不爆炸呢……」

「也不用消沉成這樣啦。就第一次特訓來說，我覺得沒有那麼差喔？」

「呵……不用安慰我了。反正我是無法克制自己的變態發情女……」

總覺得她好像自暴自棄起來了。這麼頹喪的月乃很罕見，讓我很想一直看她維持這個樣子，不過這樣一來她也未免太可憐了。

所以，我就稍微安慰一下她。

「不然，月乃，這樣怎麼樣呢？」

「咦——呀啊啊！」

我突然握住她的手。就像早上那樣，用手包覆她的手掌。當時月乃立刻發情，拉著我的手放在她的胸部上……

但是現在，雖然她滿臉通紅，不過沒有發情。

「妳看，妳現在已經可以抵抗這種程度的接觸了喔？」

「……………」

月乃也以不可思議的表情，看著自己和我握在一起的手。

在今早之前，她絕對會因為性慾高漲而失控；但是現在，就算我們握了一小陣子的手，也看不出她有發情的徵兆。

應該是在今天的訓練中，她變得稍微習慣和我相處了吧。因為作了各種形式的接觸，對於握手這種程度輕微的肢體接觸，產生了抵抗力。這樣一來，雖然還不到可以完全放心的程度，不過因為被其他男生稍微碰到而使祕密曝光的可能性，就大幅減少了。

「繼續練習的話，總有一天怪癖一定會消失的。所以不要那麼貶低自己啦。反正時間多得是，慢慢改善就可以了。」

「天真……嗚……」

也許是不習慣被男生溫柔對待吧，月乃的表情有點忸怩。

不過下一瞬間，她已經把頭撇到一旁，嘴硬地說：

「你明明只是個天真，還這麼囂張……是說，這種事不用你說我也知道啦……」

雖然她又變回跋扈的月乃，但是說話的語氣似乎比以前柔和了一點。

「不過……下次再像今天這樣，偶爾陪你練習也不是不行啦……因為你為我做了那麼多努力……」

「咦……？」

「是說！已經可以放手了吧！」

月乃用力甩開我的手。總覺得她這是在掩飾自己的難為情。

※

和月乃一起到家後，我立刻回到自己房間。

然後不知為何，我在自己的房間裡遇見雪音小姐。只見她坐在我床上，似乎一直在等我回來。

「呃……雪音小姐，妳為什麼會在我房間……？」

「歡迎回家，天真學……主人。其實是因為，有件事我非常非常想問你。」

「我不是妳主人啦。我已經講過好幾十遍了吧？」

這個人不管我怎麼反駁，都一定要把我扯進她的遊戲裡。但我是絕對不會被她牽著鼻子走的。

「唉……所以，妳想問什麼呢？」

「那我就直接問了。怎麼樣？還順利嗎？和月乃的第一次約會！」

雪音小姐以極感興趣的表情問道。

「咦……？妳是為了問這個，才在我房間等我的嗎……？」

「因為我想趁月乃不在的時候問你嘛……那孩子，就算問她，她也一定不會說實話不是嗎？」

「喔……嗯，確實是這樣沒錯。」

那傢伙當然不會把約會的詳情說出來。

「然後呢、然後呢？怎麼樣？」

「呃，沒有什麼值得一提的部分啦……不過姑且算是順利吧。雖然不是真正的約會就是了。」

月乃的怪癖也稍微改進了一點。就這點來說，應該算是很有意義的一天吧。

「是嗎？那真是太好了。其實我一直很擔心那孩子呢。」

雪音小姐鬆了口氣，彷彿在意的是自己的事似的。

「她不是一直避著男生嗎？我和花鈴都很擔心她呢。所以今天早上，看到她變得和你那麼要好，我們都喜出望外……」

原來如此。今天早上，她們兩個之所以會那樣吵鬧到有點煩人的程度，是因為擔心月乃的緣故啊？

「天真學弟，希望你今後也能一直和月乃好好相處。那孩子雖然不坦率，但心地可是很善良的。」

「雪音小姐……」

雪音小姐以太陽般明亮的笑容說道。那表情可以感受到她對妹妹的愛。

直到現在，我總算覺得她是非常好的姊姊。

不，不只雪音小姐。這三姊妹都非常為彼此著想。雪音小姐會以長女的身分關心妹妹，花鈴似乎也非常喜歡姊姊們。至於月乃對姊妹們的想法，我也在今天的約會中澈底明白了。

雖然不是我自己的事，但我還是頗為感動。

「啊，對了。關於該如何讓月乃與男性好好相處，其實我也想了很多喔～」

「咦？真的嗎？」

「是的，所以我帶了可以作為參考的書過來。」

那真是太好了。書中說不定有治好怪癖的提示。

我充滿期待地接過她帶來的書——

《ＳＭ入門　從今天起你也是奴隸》

…………嗯。這是怎麼回事？這選書的基準是什麼？

「因為，月乃的虐待狂氣質不是很強嗎？所以，假如她能透過這樣的書，學到我這種被虐狂嗜好的話，應該就能和男孩子們相處愉快了……」

「呃，雪音小姐……妳是真心的嗎？」

「當然啦！啊，可是如果被她知道這書是我挑的，我是變態被虐狂的事就會被她知道了……天真學弟，你能幫我把這書拿給她嗎？」

「我絕對不要。」

撤回前言。這個人果然是變態。而且還是渾然天成的變態。

「不過……雖然不一定能達成妳的期望，但我還是會想辦法幫她的。因為我已經知道她其實是個好傢伙了。」

月乃其實也有她的優點。比如非常為姊妹著想，為了改變自己而努力練習等。還有就是意外地單純。

今天的特訓讓我明白了這些部分。所以今後，我和她一定能處得比以前更好。

「呵呵呵，如果是天真學弟，我想一定能改變月乃那孩子的。今後就請你多多關照她了……不然，乾脆真的結婚如何？」

「不、不用了！我們沒有要好到那種地步！」

應該不可能變得那麼好吧。而且月乃那傢伙，似乎不怎麼喜歡我。

「是嗎？不然……我呢？」

「咦……？」

雪音小姐以誘惑的眼神看著我，使我說不出話。

「如果結婚對象是天真學弟，我會很開心的喔。因為我很喜歡你呢。」

「唔！」

面對突如其來、赤裸裸的告白，我頓時停止思考。

很、很喜歡……？雪音小姐，很喜歡我……？

「才——怪——！嚇到了嗎？」

雪音小姐淘氣地笑了起來。咦？什麼？只是開玩笑啊……？

「真是的……請妳不要突然亂開玩笑啦……」

沒想到雪音小姐會開這種玩笑……我是真的嚇到了。

「呵呵，害羞的天真學弟真可愛……不過，剛才那些話說不定不是開玩笑喔？」

「咦……？」

雪音小姐起身，朝門口走去。接著，她在離開前轉頭看著我說：

「還有……下次也和我去約會吧？雖然放置PLAY也很令人興奮，但是我希望你能偶爾理睬我一下呢。」

雪音小姐溫柔地笑道。那張臉，不知為何非常美麗。

倘若全身散發女性魅力的雪音小姐不是變態——惋惜的感覺不禁油然而生。

第五章 變態式宴會禮儀

我和月乃開始特訓後，過了整整一星期。

然後今天，就是肇先生所說的宴會當天。我們先後搭乘電車和計程車，來到會場所在的飯店。

「唔哇……好氣派的建築物啊……」

那間飯店比我想像的還要巨大。占地規模不用說，數不清總共有幾層的建築物，看起來就像直達雲霄似的。

「是嗎？這還滿普通的吧？」

「因為來很多次了，已經習慣了嘛～」

「爸爸的飯店，比這個還要再大一點吧？」

不愧是月乃姊妹，游刃有餘的態度和我完全不同。畢竟她們已經來過好幾次了，而且是真正的千金小姐。她們穿著光鮮亮麗的小禮服，散發成熟的魅力，就連我都有點為之心動。

但是不安之情更甚心動。

肇先生說，這宴會集結了名門世家等上流人士，其中說不定有三姊妹將來的夫婿。

因此，絕對不能做出失禮的行為。

假如犯下什麼嚴重的失態，不僅是她們的風評，甚至連神宮寺家的風評都會一落千丈。不但沒人會來向三姊妹提親，我也會被開除。

所以，絕對不能做出任何引人注目的扣分行為。

特別是她們全是超級變態的事實，絕對不能被其他人知道。

「我說大家……妳們千萬不能做出奇怪的事喔……？」

「啥……？什麼叫奇怪的事？我聽不懂啦……」

「就、就是啊……應該沒有奇怪的地方吧……？」

「啊哈哈……花鈴應該沒問題啦……」

三姊妹全都在其他姊妹前裝傻。

我抱著一絲不安，與三姊妹一起走入飯店。

※

宴會會場是我從來沒見過、氣派又豪華的大廳。

宴會會場寬敞到大約可以容納上千人。地上鋪著色彩典雅的地毯，向上看的話，巨大的水晶燈在天花板上熠熠生輝。穿著高級西裝與禮服的賓客們，正站在等間隔排列的自助式餐桌附近愉快地談笑。

「好驚人的空間啊……」

我緊張地步入大廳。這裡原本不是我這種窮鬼進得了的場所。對於自己的格格不入，使我心生畏縮。

「你不要那麼緊張啦，很難看耶。」

也許是因為我的樣子太遜了吧，看不下去的月乃說道。

「喔，啊……不好意思。我是第一次來這種地方……」

太過緊張，使我不禁口乾舌燥。我拿起桌上的茶水，一口氣喝光。

「不要太刻意，自然一點。不然看起來會更奇怪。」

說這種話的月乃，態度果然很自然。一派輕鬆，和我完全不同。

「是說我也不是多喜歡這種場所。又拘謹、又要一直和別人打招呼，有夠麻煩的。

雖然幾乎都是她們兩個在做就是了。」

月乃一面這麼說，一面轉頭移動視線。

「各位晚安，今天請多指教。」

「好久不見了，今天也要和花鈴好好相處喔？」

我順著月乃的目光看過去，發現雪音小姐和花鈴正在和賓客們寒暄。她們似乎很習慣這種事了，泰然自若地與上流社會的大人們說話。看著她們的模樣，我再次體認到她們是真真正正的千金小姐。

「是說，妳不去打招呼沒關係嗎？」

「沒關係。反正她們很擅長和那些人打交道。再說，我有其他的使命。」

月乃充滿幹勁，臉上滿是決心。

沒錯。月乃打算在今天的宴會上達成某個目標。

那就是──和同年代的男性們普通地交談。

就像肇先生說的──「這宴會也會有許多名家公子出席」。會場裡不只有成年人，也有和我們差不多年紀的青少年。

月乃想藉由和那些人相處，練習談普通戀愛的方法。

找出好對象，在不發情的情況下與對方加深感情。這就是她今天的目標。

「不過，真的沒問題嗎……？妳可別太逞強喔？」

「沒問題。你以為我為了今天，做出多少努力啊？」

只要能克服那種怪癖，月乃就能普通地談戀愛，也不必擔心被姊妹們討厭。為此，在遊戲中心的訓練後，月乃又做了各種努力。例如每天和我一起上下學、和我一起念書，利用我來練習習慣男性的存在。如今，她想測試成果。

但是月乃在學校的形象是「討厭男人」，所以，她只能在這樣的場合測試自己的訓練成果。

「今天，我一定要普通地和男性說話，治好我的怪癖……」

月乃東張西望，尋找看來能和睦相處的同年代男孩。

既然如此……我也開始工作吧。

我今天的工作，就是監視那三姊妹，避免她們做出奇怪的事。

目前她們的狀況都很正常。兩人普通地與賓客寒暄，月乃看起來也沒啥問題。

但我當然不能因此大意。特別是月乃，等到她如願與男性說話後，我必須提高警覺才行。假如她在這裡發情，一切都會化為烏有的。

……好像又緊張起來了。為了轉移注意力，我又喝了幾口茶。

正當我喝下不知第幾杯的茶時——

「月乃小姐！好久不見！」

一名青年來到月乃身邊。

「啊，諒太先生……好久不見了。」

「很高興今年又能見到妳。我一直很期待能見到妳喔。」

也許本來就認識吧，青年友善地與月乃攀談。那人年紀大約二十出頭吧，看起來玉樹臨風，五官精悍，臉上還帶著和善的笑容。

他與月乃交談了幾句後，發現站在附近的我。

「咦……？我是第一次見到你呢。請問貴姓大名？」

「呃……我是一条天真……」

我低姿態地回道。

「我是瀧川諒太，與月乃小姐家是世交。今後也請多指教。」

「哦，是的，請多指教。」

我握住諒太先生伸出的手，用力與他握手。

諒太先生看起來是位感覺很不錯的青年。從他剛才的話聽來，他似乎從以前就認識月乃。而且面對他時，月乃也沒有平常那麼緊張，甚至對身為男人的他露出笑容，和平常完全不一樣。

倘若月乃和諒太先生交往，她一定會得到幸福吧？我自然而然思考起這件事。

和諒太先生交往的話，對月乃來說一定不是壞事。諒太先生很明顯對月乃抱持好感；至於月乃，被諒太先生搭訕時，也沒有拒人於千里之外的感覺。

再說，諒太先生看起來很溫柔，就算知道月乃的怪癖，也一定能接納她吧。既然兩家是世交，月乃嫁進諒太先生家的話，婆家應該也會很歡迎她。這樣說來，根本是有百利而無一害呢。

我覺得，對月乃來說，和諒太先生談戀愛一定是最好的選擇。

原本和我做過約會訓練的月乃，開始接近其他男性。雖然我有一點點大鳥感受雛鳥離巢的寂寥感……但是，既然這對月乃是好事，我就沒理由反對。接下來，我該做的就是盡可能地為兩人加油，不讓兩人的感情生變。

具體方面，就是防止月乃的怪癖發作。所以我還是暫時留在這裡多觀察一會兒吧。如果月乃在這裡發情，就算是諒太先生，也一定會退避三舍。

雪音小姐和花鈴似乎還在與賓客寒暄，既然如此，我只要專心注意月乃就行了。

正當我這麼想時——

彷彿故意似的，一陣尿意襲來。

——糟糕……是剛才喝太多茶了嗎……？

「月、月乃，不好意思，我稍微離開一下，妳別太逞強喔？」

「咦……？好、好，我知道了。」

雖然留月乃一個人在會場，讓我有點不安，但是人類終究抵擋不過生理現象。

為了盡快回到會場，我用跑的離開。

※

「呼……呼……這裡是哪裡……？也太難辨識了吧……」

離開會場，尋找廁所所在之處的我，在飯店裡迷了路。

這飯店的走道設計得很複雜，很難辨識路線。而且只設置了最低限度通往廁所的指示牌，有時只要轉一個彎，就不知道自己人在哪裡，使我完全成為迷途羔羊。

「可惡……這條路也不對嗎……」

這次，我打開通往逃生梯的門，但看來又弄錯路線了。

不快點回去的話，月乃可能會再次發情。一想到這裡，我就更急了。

就在我背對逃生梯，正想循著原路回去時——

喀嚓。身後的逃生門被人打開。應該是飯店的員工路過這裡吧。

員工一定知道路線！正當我這麼想，喜孜孜地回頭——

見到了以雙手掀起小禮服的裙襬，露出下半身的花鈴。

「噗————————！」

我嚇到肺部空氣全部竄到體外，瞬間差點缺氧。

「啊，天真學長，你在這裡做什麼？」

花鈴以恍惚的神情向我問道。

「不對，這句話應該由我問才對！妳在這裡做什麼！」

「啊哈，就像學長看到的，花鈴正在暴露自己的恥部唷☆」

她維持著撩高裙子、暴露自己下半身的模樣回答我。重點部位和之前一樣，只貼了愛心貼紙，沒有穿內褲。

而且她手上還拿著看起來很昂貴的數位相機。難道說，她不只以這種模樣在飯店的後場到處走動，還加以錄影嗎……？

「妳這個笨蛋！不要說蠢話！要是被人發現怎麼辦！」

「放心啦，這一帶連飯店的人都不會來。再說，花鈴也有成長喔。」

成長？有什麼不一樣的地方嗎？

「因為看到學長那麼努力幫花鈴消除色慾……為了回應學長的心情，所以花鈴今天有穿胸罩喔！」

「什麼！」

花鈴居然穿了胸罩！這是暴露狂有所改進的徵兆嗎？

「怎麼樣？有沒有對花鈴刮目相看呢？有沒有喜歡上花鈴呢？」

「哦，哦哦……！了不起！花鈴妳真是太了不起了！居然穿了胸罩！」

「話是這麼說，不過是繩狀的那種喔！」

呃……類似情趣內衣的那種嗎……！但是，有穿總比沒穿稍微好一——

咦？不對吧？穿胸罩不是再正常也不過的事情嗎？因為有穿胸罩而稱讚她，不是很奇怪嗎？

「不過，真沒想到天真學長會特地來看花鈴……花鈴好高興啊！學長真不愧是花鈴的好搭檔！」

「不對！我不是來看妳的！我只是迷路了……」

「咦？是嗎？真可惜……不過沒關係，花鈴會好好錄下自己淫穢的樣子，回去之後再給學長看吧♪」

花鈴揮了揮數位相機說道。這傢伙果然是拿自拍暴露影片找樂子。

「哈啊哈啊……在聚集了那麼多人的宴會裡……只有花鈴沒穿內褲……花鈴好興奮，好興奮啊！」

花鈴倏地掀高裙子，露出更多下半身。

「這種樣子被人看到就完了……但是花鈴忍不住了！學長，請你仔細看不要臉的花鈴！花鈴想變得更淫穢！」

花鈴漲紅了臉，把身體挨到我身上。

「夠了妳！快點把內褲穿回去！然後乖乖給我待在會場裡！」

「很可惜！花鈴今天本來就沒穿內褲！」

「妳得意洋洋地在說什麼啊！」

也就是說，這傢伙從出門到現在，一直是裸露下半身的狀態嗎！

「呿……！既然如此，我也只好使出殺手鐧了……」

我把手伸進口袋，拿出一團粉紅色的小布塊。

「什麼……！這不是花鈴的內褲嗎！」

「我在出門前在妳房間翻到的！好了！快點給我穿上！」

「那可是侵入住宅罪喔？啊！學長！不要摸那個部位……！」

「不然妳就自己穿上去！」

我逼著花鈴穿上內褲，終止了她的暴露行為。

※

我終止了花鈴的暴露行為——

在離開會場的十五分鐘後，總算找到廁所。

「可惡……光是找廁所，就花了這麼多時間……」

不但迷路，而且還因為花鈴亂搞，浪費了更多時間。月乃真的沒問題嗎……？應該不至於在眾人面前發情，鬧出大醜聞吧……？

實在沒辦法不擔心她。還是快點上完廁所快點回去——

「我等你很久了喔，主人♪」

我一走進廁所，就聽到雪音小姐的聲音。

「不對！為什麼妳會出現在這裡啊————！」

一名美少女佇立在寬敞的男廁裡。

「我說啊，這裡是男廁喔？妳為什麼不當一回事地跑進來啊？」

「那當然是因為，我是主人的奴隸呀☆」

雪音小姐以開朗的語調說道，同時畢恭畢敬地對我深深一鞠躬。

「我剛才見到主人離開會場，所以就先來這裡等你了。因為奴隸必須隨時跟在主人身旁，服侍主人不是嗎？所以我想，我應該要幫主人上廁所才對。」

「不用了！沒聽過幫別人上廁所的啦！」

「例如沒有衛生紙時，我會為你準備……」

「用不到啦！我只是來上小號的！」

不管是花鈴還是這個人，可以不要在外頭玩色情遊戲嗎？

「我說！雪音小姐！雖然我說過會陪妳消除性慾……但是可以請妳不要在公共場所玩這些嗎？妳到底有多變態啊！」

「啊嗯！被天真學弟羞辱的感覺好舒服喔！」

這個人沒救了。因為她是被虐狂，不管我說什麼，都能讓她高潮。

「但是主人，我也不是完全沒改變喔。因為顧慮到你的心情……所以我今天！沒在身上綁繩子喔！」

「什麼……！真的嗎！」

在全校師生面前把自己綁成龜甲縛的雪音小姐，今天居然沒有在身上綁繩子……？

這是很大的進步呢！她總算有機會成為普通的女孩子——

「所以，至少要讓我服侍主人上廁所喔？」

——才怪。

「不，真的不用妳幫忙！拜託妳快點回會場！」

「那不然，我來幫主人加油吧！噓噓～噓噓～天真學弟快點尿出來♪」

「這樣反而尿不出來吧！拜託妳快點出去啦！」

要是被人看到她和我待在這種地方……而且要是被肇先生知道了……光是想像就覺得很可怕。

必須趁著什麼人進來之前，把雪音小姐攆出去才行——

「是說，這裡的廁所還真難找耶。」

「就是嘛，應該把告示牌標示得更清楚一點啊。」

時機就是如此不巧，外頭傳來兩名男性的對話聲。而且毫無疑問是朝廁所走來。

「可惡……！我們先躲起來吧！」

我緊急地拉著雪音小姐，躲進後方的隔間裡。

既然事情演變成這樣，就只能躲到其他人全離開為止了。唉，為什麼我非遭遇到這種鳥事不可啊……

「哈啊哈啊……跟主人關在這麼狹窄的地方……好像會被主人虐待似的……」

不過這個樣子，雪音小姐反而更興奮了……

是說，這個人不安靜下來的話，可就糟糕了！光是女孩子進入男廁，就可以引發大騷動，更何況是她……非死守住這個祕密不可！

「真沒辦法……既然如此，吃我這招吧！」

出於無奈，我從口袋中拿出事先準備好的道具。

這是為了預防萬一，為了滿足雪音小姐而特地準備的SM道具之一——口枷。這是可以讓被綁住的人無法說話、相對常見的SM道具。

我把球狀部分塞入雪音小姐嘴裡，以兩端的皮帶將其固定。這樣一來，不但可以封住雪音小姐的嘴，還能滿足她的被虐慾。

其實我很不想使用這種異常道具。雖然不想使用……但是想壓制雪音小姐的話，也只能用這招了！

「嗯——！嗯——！（被主人懲罰……我好幸福啊！）」

從那興奮的表情，我大致猜得出她想說什麼。把這樣的她放著不管，過一陣子後，她一定能感到滿足吧。這是我為了了解她的嗜好，仔細閱讀她之前給我的《SM入門 從今天起你也是奴隸》後的成果。如此用功好學的我，真是太帥了（泣）。

接著，就是等來上廁所的那兩人離去，再趁機離開這裡了。

我豎起耳朵，聆聽外頭的聲音。

「喂，所以你和剛才那個女孩怎麼樣了？」

「那個啊？已經和到手沒兩樣了。我們本來就認識，所以一聊就聊開了。」

「哇～真假？真羨慕你耶。」

「而且她看起來沒什麼經驗，只要多哄兩下，八成就能得手了。」

來人似乎都是年輕男子，而且其中一方正在吹噓自己的把妹能力。

「唉，女人啊，只要對她們溫柔一點，十之八九都會愛上你啦。」

「哇～諒太你果然行，我就沒辦法。」

「！」

聽到那名字，我全身寒毛直豎。

咦……諒太？這麼說來……他們剛才提到的女孩子是……？

「那這次你打算和對方交往多久？」

「唔～她長得挺可愛的，所以大概三個月吧。在那之後，如果有利用價值就留著，要是太煩人，就直接扔掉吧。」

「哈哈！你還是老樣子，不肯為一個女人定下來呢。」

一陣洗手聲後，兩人笑著離去了。

我連忙走出隔間，確認他們的背影。

沒錯，那個人的確是瀧川諒太。

「嗯——嗯嗯——！嗯——嗯嗯嗯？」

不明就裡的雪音小姐瞪大雙眼，揚聲發問。

啊，對了……差點忘了還有這個人了。

「我聽不懂妳在說什麼啦。」

我解開她的口枷。看來她的被虐慾暫時獲得滿足了。

「呼啊……天真學弟，你怎麼了？表情看起來很恐怖耶。」

「不，沒什麼……沒事。」

我趁著四下無人，讓雪音小姐逃出廁所。

※

上完廁所，我總算得以回會場了。

花鈴和雪音小姐似乎已經因為剛才的事而滿足，兩人早已回到會場，以純潔到聖潔的笑容，繼續與賓客寒暄。

賓客們也對兩人讚不絕口。

「兩位小姐真是楚楚動人。這麼清純的女孩，只怕走遍天下也沒處找呢。」

「神宮寺先生的千金，就像天使般純潔呢。」

不不不，各位錯了。你們可別被她們騙了喔？那兩個女生平常可是超汙穢的喔？就連剛才也是，一個不穿內褲到處亂走，另一個則是跑進男廁喔？

不對，比起她們，現在更重要的是月乃。我環視四周，尋找她的身影。接著，在離開前的場所發現了正在與諒太談笑的月乃。她看起來完全沒有發情的徵兆，而且似乎與諒太相處得很愉快。見到她的樣子，我打從心底感到安心。

——如果沒聽到剛才那些對話的話。

那個諒太，不是真心喜歡月乃才接近她的。

他只是以獵女為樂，偶然挑中月乃當獵物而已。

我在無意間知道了令人噁心的真相。直到剛才為止，我都還在為兩人的感情加油；但是現在我心中只剩下煩悶。

月乃正開心地與那傢伙談天說笑。要是被她知道諒太在廁所裡說了什麼，她會有什麼感想呢？一想到這裡，我就心情沉重。

就在這時——

管弦樂團開始在會場前方的舞臺上演奏古典音樂。

靠近舞臺的桌子被移開，騰出一塊空間。數名男女上前，以優雅的動作牽起彼此的手，配合著音樂，跳起舞來。

雖然我不太懂，不過這就是所謂的社交舞吧？成雙成對的男女或是牽手或是摟抱，以流暢的動作踏著華麗的舞步。

「月乃小姐，請問妳願意和我共舞一曲嗎？」

諒太向月乃問道。

「咦……好、好的！請多指教！」

月乃遲疑了半秒，作出覺悟似的接受諒太的邀舞。回想在遊戲中心拍大頭貼時她那嫌惡的表情，現在的她，可說是成長了很多。

月乃被諒太牽著，來到舞臺前方，翩然起舞。

身為名門千金，她當然學過社交舞。只見她步伐輕盈，身形曼妙，跟周圍的其他人比起來，跳得毫不遜色。而且期間當然沒有發情，非常出色地展現舞蹈。

音樂結束時，周圍響起掌聲，在場上跳舞的人們向四方行禮。

我也對月乃用力拍手。

我仔細一瞧，發現諒太似乎碰上其他朋友，開始和他們聊天；月乃則恰巧注意到我的存在，朝我這邊跑來。

「天真！你看到了嗎！我成功了！我可以正常地和男生跳舞了！」

「嗯，是啊。我看到了。妳的努力有回報了呢。」

月乃興高采烈地說著，應該是真的很開心吧。

「太好了！太好了！這樣一來，我就可以擺脫變態的名字了！」

辛苦的訓練得到回報，她似乎治好了發情的怪癖。

「哈哈！我再也不必敬男生而遠之了！以後我就能盡情談戀愛了！」

總算成為夢寐以求的普通女孩，月乃顯得欣喜若狂。對這件事，我也很開心，很想誠摯地祝福她。

可是，我無論如何都會意識到那個叫諒太的傢伙。

「真是太好了，月乃……辛苦妳了。」

因此，我的表情與聲調，都帶著沉鬱。

「咦？只有這樣？你應該更開心點啊！還是說，這件事對你來說根本無所謂？」

月乃似乎對我的態度很不滿，瞪著我說道。

「不、不，當然不是。我也很高興喔……話說回來，妳已經決定要和諒太先生談戀愛了嗎？」

就像梗在喉嚨中的刺，我忍不住問道。

「咦……？嗯～不知道耶。我還沒想過那種事。」

「是、是嗎……說得也是……」

看來月乃是單純對治好怪癖一事感到開心。我稍微鬆了口氣。

老實說，我不希望月乃和諒太談戀愛。我不想把月乃交給那種不把她當一回事、只想跟她玩玩的男人。

但對方是與神宮寺家有業務合作關係企業的孩子。惹他不高興的話，說不定會對肇先生的事業帶來負面影響。說起來，肇先生原本就打算把月乃她們嫁給像諒太那種身分地位的男人吧。假如我從中阻撓，一定會惹他生氣。

只考慮分內工作的話，我應該笑著把月乃送出去。身為受僱於肇先生的人，身為保護家人的人，我都該這麼做。

沒錯，儘管我理智上明白這個道理——

「呀啊！」

就在我陷入沉思時，聽到月乃的尖叫聲。我反射性地看向她。

也許是手滑了吧，她手中的杯子掉在地上，果汁潑灑出來，弄髒了小禮服。

「對、對不起……我太不小心了……」

「喂喂喂，妳還好嗎？要小心點啊。」

我掏出手帕，交給月乃。不快點把果汁擦掉的話，可是會變成洗不掉的汙漬。

月乃接過手帕，擦拭衣服上的液體。然而，她手上的動作突然停止。

「這、這是……天真的內褲……？」

「咦……？啊！」

我交給月乃擦果汁的，是之前使用過的那條內褲手帕。是月乃發情時，轉移她注意力用的道具。

本來想拿普通的手帕給她，但是不小心拿錯條了。

假如是以前的月乃，拿著我的內褲肯定會發情吧。但幸好她的發情怪癖已經治好了，就算看到內褲也應該不用擔心。

——這想法成了致命的失誤。

「天、天真的內褲……哈啊哈啊……天真……！」

「唔！」

月乃的呼吸急促了起來，眼神也開始恍惚。臉頰潮紅，臉上帶著索求什麼的神情。

難道說，月乃她……對我的內褲發情了……？

「天真……！天真……天真嗯啊啊——！」

月乃開始大叫我的名字。

「咦……？那女生怎麼了……？」

「不知道……她的臉很紅耶……？」

那帶著豔色的聲音，吸引了周圍人們的注意力。

為……為什麼？妳到底怎麼了？妳的怪癖不是治好了嗎！為什麼和諒太跳舞沒事，一拿起我的內褲就發情啊！

「月乃小姐，妳怎麼了嗎？」

諒太因為月乃的聲音，趕來這裡。

他似乎也發現了月乃的異狀，端詳起她的臉。

「哈──哈──！天真的內褲……」

不行！不能讓他看到發情的月乃！

假如月乃撲向諒太，她的怪癖會立刻被會場的所有人知道。在場的賓客全是上流名門，假如月乃的祕密曝光，會對月乃的人生及神宮寺家造成擊大的傷害！

為了藏起月乃，我把她摟到自己身邊，和諒太拉開距離。

「咦……？」

諒太訝異地瞪大雙眼。

「你在做什麼……？」

「可、可以請你不要過來嗎！」

為了不讓他碰到月乃，我明確地拒絕道。

諒太一聽，表情變得險峻。

「你……突然這樣摟住女性，很不禮貌喔……」

他以責備的口氣說道。剛才正打算攻略的女孩被其他男人抱在懷裡，當然不肯善罷干休對吧？

「現在立刻放開她。周圍的人都在看喔？月乃小姐肯定也不願意被你抱著——」

「天真……你再抱緊一點嘛……」

月乃在最壞的時間點作出炸彈發言。

「咦……？月、月乃小姐……？」

月乃以只有我和諒太勉強聽得到的音量，黏膩地如此說道。

「咦？咦……？難道說，是月乃小姐主動要求你這麼做的嗎……？」

不好了！讓他繼續探究下去的話，月乃是女色魔的事會曝光的！

「我、我是不會放開月乃的！」

我大叫打斷諒太的思考，將他的注意力轉移到我身上。

「我不會把月乃交給任何人的！特別是你這種男人！」

這些話自然而然地從我口中冒出。

「什麼……？這是什麼意思？為什麼我非被你說成這樣不可？」

「你配不上月乃！我不會讓你接近她的！」

我原本是為了轉移諒太的注意力……為了讓他遠離發情的月乃才開口。但是卻不知為何愈來愈激動，不小心說出了真心話。

「『月乃看起來沒什麼經驗，只要多哄兩下，八成就能得手了。』你剛才說了這種話對吧？」

「……！」

經我追問，諒太的臉色瞬間為之一變。

「還有，『她長得挺可愛的，所以大概三個月吧。在那之後，如果有利用價值就留著，要是太煩人，就直接扔掉吧。』對吧？」

「你、你到底在說什麼？我完全聽不懂呢。你是不是弄錯了什麼？」

只見他立刻若無其事地裝傻道。

「不，我完全沒弄錯。我是親耳聽到的！」

我直視著他，以毅然決然的態度接著說道：

「我絕對不會把月乃交給有那種想法的人。所以可以請你別再接近月乃了嗎？」

「別、別說笑了……我怎麼可能說那種話呢……？」

「不，你確實說了。而且是我親耳聽到的。」

「證據呢？你有證據嗎？拿出來啊！」

對於我的話，諒太也大聲了起來。

被這樣說，我就沒轍了。因為我只是剛好聽到而已。早知道就把對話錄下來，但普通人如我，沒辦法那麼機靈。

「說到人證，我也有聽到喔？」

雪音小姐不知何時來到我們附近，插嘴說道。

「嗄……？」

「好久不見了，諒太先生。去年宴會後就沒見過面了呢。」

雪音小姐笑容可掬地寒暄道。看來她也認識諒太。

「諒太先生的話，我剛才也聽到了。天真學弟說的，全是真的喔。」

那時候，雪音小姐確實和我一起躲在廁所隔間裡。對照當時的話，與我們現在的互動，雪音小姐應該察覺是怎麼回事了。

但是，雪音小姐出面作證的話，反而會……

「啥……？為什麼妳會聽到？那些話可是在男廁裡說的喔？難不成妳那時候躲在男

廁裡面？」

「啊……！」

果然啊！一定會這麼想的嘛！

雪音小姐露出「糟了！」的表情，僵在原地。拜託妳！講話前要經過腦子啊！

「咦——？諒太先生說了『那些話可是在男廁裡說的喔』，對吧？」

花鈴不知何時也來到諒太身後，挑起他的語病。

「也就是說，你真的說過那些話對吧～？」

「什……！」

雪音小姐的證詞，意外地套出了他的實話！

「不、不是的……那些話是，那個……」

「可別想抵賴喔？剛才的對話，花鈴全都錄下來了喔！」

花鈴對諒太亮出數位相機，播放影片。

但是……

「啊，弄錯了。」

她放出的是剛才自拍的暴露照。

「喂、喂？剛才那是什麼？我好像看到女人的裸照？」

「不不不不是喔！花鈴的相機怎麼可能有那種照片呢？先別管那個了！你看！」

花鈴明顯出現動搖，為了掩飾自己的失誤，重新播放影片。影片中確確實實地錄下了承認自己說過那些話的諒太身影。

「怎、怎麼樣！這下子你還有話說嗎？你還是老實承認吧！」

「啊……唔……」

我、花鈴和雪音小姐一齊瞪著諒太。也許是無法承受我們的視線吧，他不由自主地別過臉。

但是又立刻惱羞成怒地大吼說：

「你、你們吵死了！不要用那種眼神看我啦！」

只見他眼角帶淚，像鬧脾氣的小孩般叫道：

「你們居然敢欺負我！不要以為我會放過你們，我要去跟把拔告狀！」

「把、把拔……？」

突然冒出這麼幼稚的話，讓我有點傻眼。

但是我又立刻因他之後的發言而毛骨悚然。

「話說回來，你們根本全是變態吧！一個拍變態照片，一個跑進男廁，剩下兩個在這裡摟來摟去傷風敗俗！你們這些變態！我是絕對不會放過你們的！」

「「「！」」」

我、雪音小姐和花鈴全都肩膀一震。不過月乃依然緊抱著我就是了。

「我要叫把拔搞垮你們！就算事後想找我求饒，我還是不會原諒你們！」

諒太在眾人圍觀下，夾著尾巴逃之夭夭——在留下可怕的發言之後。

喂喂喂……這不是真的吧？三姊妹是變態的事被諒太發現，而且照他的說法，還會把這件事告訴他父親。這樣一來，早晚會被肇先生知道的。

唯一值得慶幸的是，圍觀的眾人並不那麼想。

「那三姊妹是變態……？」

「怎麼可能啊？像她們那麼清純的女孩，可是打著燈籠也找不到的喔？」

他們應該沒想過，如此美麗的三姊妹居然真的是變態，所以並不相信諒太的話。

而且三姊妹似乎也還沒發現其他姊妹同樣是變態。

「那、那個人還真是愛亂講話耶～花鈴是因為不小心操縱失誤，才會拍到那種畫面的耶……」

「就、就是說嘛～我也只是經過廁所時，剛好聽到那些話而已～」

「重、重點是！那種人居然想追求月乃姊，該不會差點就被他得逞了吧？」

「是、是啊。我看樣子好像不太對，過來一看，居然是這種情況……」

兩人冷汗直流，乾笑地說著拙劣的藉口，努力轉移話題。

她們光是幫自己找藉口，就已經自顧不暇了，再加上先入為主地對姊妹們是正常人的事深信不疑，所以完全沒有察覺對方也是變態，真是太奇蹟了。當然，也沒有餘力思考月乃為什麼緊抱著我。

對了，說到這個，月乃現在怎麼樣了？我看向依然緊抱著我的她。

「沒想到諒太居然那麼廢柴……對不起啊，天真，害你擔心了……不過，我最喜歡天真——的內褲了喔……？哈啊哈啊……」

還在發情的她，趴在我胸口說著無意義的囈語。

這樣不行！不快點阻止她發情的話……！

「不好意思！月乃借我一下！」

「咦？哦，好……」

為了不讓月乃的怪癖被發現，我把她帶到沒什麼人的地方，也就是不久前遇見花鈴的逃生梯那兒。

「喂，月乃！拜託妳快點清醒過來！」

「我很清醒喔，天真……所以，我們快點來做色色的事吧？」

唔……澈底發情了，而且光靠手帕已經無法滿足她了。但是又不能讓她一直在公共場所發情……

「啊——算了！月乃，只有這次喔！」

我讓月乃背對著我，確定周圍沒有其他人後——

「喏……妳就用這個頂著吧……！」

「這、這是……天真的內褲嗎……！」

我淚流滿面地把原本穿在身上的內褲交給月乃。

「哈啊哈啊……好開心呀……上面有天真的溫度呢，太棒了……！」

幸好這邊的內褲還有效。只見月乃用力抱著我的內褲，喜孜孜地做起深呼吸。

等到她的性慾總算得到滿足，恢復理智時——

宴會也差不多要結束了。

※

宴會一結束，我們立刻回到神宮寺家。我心情十分沉重地，長長地嘆了口氣。

「唉…………」

三姊妹是好色少女的事，終於被其他人發現了。而且對方還是和肇先生相同世界的上流社會人士。

這樣一來，我就只剩被開除的命運可走了吧。肇先生一定會立刻得知這件事，把我趕出這個神宮寺家。說不定還會追究這段期間我和三姊妹同居的情況，嚴厲地懲罰我。除此之外，我一介外人，居然擅自破壞了神宮寺家女兒與名門公子談戀愛的機會，這件事也一定會被加以苛責。

啊啊……完了。一切全都完了。該好好思考，丟了這工作後該如何還清債務……

不過，陷入煩惱的似乎不只我一人而已。

「…………」

月乃一言不發地坐在客廳沙發上，看起來相當消沉。

「嗚……月乃好可憐喔……」

雪音小姐躲在走廊偷看她，擔心地說。

「花鈴好像是第一次看到那樣的月乃姊呢……」

唉，會消沉也是當然的。才以為總算治好了變態怪癖，沒想到又立刻發情，而且還是在大庭廣眾之下。

順帶一提，不知道月乃怪癖的另外那兩人，以為月乃是因為「沒想到抱著好感的對象居然是那麼差勁的男人」而受到打擊。

「怎麼辦……該怎麼和她說話才好呢……」

「月乃姊……要不要緊啊……」

看著消沉到前所未見的月乃，兩人似乎也不知該如何是好。

正因為月乃是家人，正因為月乃是她們非常重視的對象，所以才會那麼認真地「這樣說不對、那樣做不妥」地煩惱吧。可以確實地感受到她們對月乃的關心。

不過，她們的表情之所以這麼愁悶，不單純是因為擔心月乃而已。她們八成認為自己的變態怪癖即將被肇先生知道，所以才會如此憂鬱吧。

包含我在內，在場的所有人都因為各自的理由陷入絕望。現場完全陷入守靈般的氛圍之中。

不過也不能一直這樣下去。特別是槁木死灰般的月乃，不幫她打打氣是不行的。

必須有人率先出聲。

既然雪音小姐她們做不到，就只能由不屬於這個家的外人——我，來接下這個任務了。畢竟我只是臨時夫婿，就本質來說，是個局外人。

而且我再不久就會被開除，既然如此，就乾脆以不負責任的態度安慰她吧。就像我擅自妨礙了諒太與月乃的戀情一樣。

我大步踏入客廳，在月乃旁邊坐下。

「…………（沙沙）」

月乃不著痕跡地與我拉開距離。喂，我還是會有點受傷耶？

「月乃……這樣太過分了吧？」

「可是……靠太近的話，我說不定又會侵犯你……」

啊，她果然很在意那件事。

「啊～～妳不用那麼在意啦。反正練習時已經發生過不知道多少次了。」

「說得也是……不過，你以後不用再幫我特訓了，反正我就是個大變態嘛。」

月乃低頭說道，看來整個人沉浸在自我厭惡的大海裡。

「不管做了多少努力，我還是沒有改變……」

月乃繼續低著頭，自言自語地說。

「本來以為治好怪癖了，結果不知為何又對你發情……而且能普通對話的男人，到頭來又是個爛人……我真的是什麼優點都沒有。反正我這輩子都是變態，會維持變態的模樣，無法改變……」

「變態就變態啊，有什麼關係？」

對於自暴自棄的月乃，我以極為輕鬆的口吻說道。

月乃總算抬起頭看著我。

「你說啥……？」

「就是啊，變態就變態，不用改變也沒有關係。」

「啥？你在說什麼啊？怎麼可能不用改也沒關係！我可是色情狂喔？是沒有任何優點的變態喔？」

月乃張牙舞爪地對我凶道。

「優點的話，有很多啊。比如很為姊妹著想、意外地純真、雖然不坦率但其實很溫柔、很有責任感等。啊，還有，意外地很會害羞，感覺很可愛呢。」

「啊……啊嗚……？」

也許是因為突然被我接連誇獎的緣故吧，只見月乃張口結舌地僵在那兒。

「妳看，就連認識妳才幾個星期的我，都能立刻舉出這麼多部分，表示妳是真的有很多優點喔。」

「才、才沒有那種……」

「然後啊，變態的部分也許算是缺點吧，但不論是誰，都多多少少有點怪癖。所以妳其實不必勉強改變自己，一直維持現在的樣子也無所謂喔。」

「…………！」

老實說，假如我要繼續做這份工作，但是月乃不改善她的怪癖的話，我會很困擾。

所以我一定會努力說服她不要放棄，鼓勵她再次展開特訓。

但是，反正我被開除定了，所以我說出了不能對工作對象說的真心話——也就是我對月乃的真正想法。

「……吶，天真，我問你喔。你為什麼要把我和諒太分開呢？」

月乃突然問道。

「因為知道他是個爛男人……因為知道他是那種沒用又幼稚到極點的男人，所以才把我拉開嗎……？是為了幫我，才那麼做的嗎……？」

「沒、沒有啦，沒有那麼誇張啦……」

當時我之所以那麼做，完全是下意識的行動。不是基於救月乃於水深火熱之類了不起的動機。

「妳明明為了能夠普通地談戀愛，做了那麼多努力，所以我不能接受讓那種渣男當妳的對象。我只是基於這種想法，很自然地就那麼說了而已。」

月乃應該和能夠完整包容她怪癖的溫柔男性交往才對。看著今晚諒太的態度，我開始有這種感覺。

「……所、所以你才會……原來你這麼為我著想……？」

「再說……就算不特地改變自己，就算不和那種男人交往，今後也一定會出現喜歡妳真實模樣的人……咦？月乃，妳怎麼了？」

「～～～～～唔！」

月乃突然拿起抱枕按在我身上，然後把臉埋在抱枕裡，哇哇大叫起來。

「～～～～唔！～～～～～～唔唔唔！」

「月乃？妳怎麼了？我聽不懂啦？」

只見月乃不知為何耳根子都紅了，持續用力大叫著什麼。是安慰失敗了嗎？我不禁緊張起來。

但是，那模樣與剛才的委靡不振不同，感覺相當有精神。

※

審判的時刻，總算到來。

在安慰完月乃的不久之後，肇先生回家了。

他一回家，就立刻把我叫出來，像我第一次來到這宅邸時那樣，坐在我正對面。

「天真同學，今天的宴會，有勞你了。」

「不、不敢當……您這麼說太抬舉我了……」

肇先生的口吻與平常沒有兩樣，無法判讀他的感情。

不過，宴會的事肯定早就傳到他耳裡。知道三姊妹是變態，又知道我拆散諒太與月乃，肇先生一定非常生氣，不可能讓我繼續待在這個家裡。

我絕對會被開除的。我已經作好覺悟了。

但是，在這之前，我有句話非和肇先生說不可。

「話說回來，關於宴會……」

「非常對不起！」

我搶在肇先生切入正題前，深深低頭道歉。

為了盡早解開他的誤會。

「但是！今天的事，她們沒有任何錯！因為錯的人……錯的人是我！因為……因為我是變態！」

變態的是我，不是三姊妹。我向肇先生如此宣稱。

不論是月乃抱住我，或者是花鈴的猥褻自拍，甚至是雪音小姐進入男廁，全都是我策劃的。為了保護那三人的祕密，我打算讓肇先生這麼認為。

反正橫豎都會被開除，還不如犧牲自己，保護她們的祕密。這是我最後的職責。

「真正變態的是我！她們只是陪我做變態的事而已！」

我離開沙發，當場五體投地。不顧顏面，叩首道歉。

「所以請您千萬別誤會她們三人！一切全都是我的錯！」

「天真同學……」

肇先生嚴肅地低頭看著我。

不、不行嗎……？果然騙不過他嗎？三人的祕密已經完全被他知道了？就在我陷入絕望時——

「等一下，爸爸！你不要誤會天真！」

月乃開門闖了進來。

「月、月乃……？」

只見月乃走到我身邊，以強而有力的視線看著肇先生。

「這傢伙是為了我，才會趕走那個噁心男人的！不能因為這件事開除他！而且這傢伙也不是變態！」

喂、喂……這傢伙在幹麼？她為什麼要否定我的話啊？

我都準備背起所有人的變態業障了……！

「雖然我本來也不想和這傢伙親近……但是這傢伙……天真他非常認真地面對我！他非常認真地為我著想，挺身幫了我非常多的忙！作為同居人，沒有比他更好的人選！

他絕對不是變態！」

月乃拚命幫我說話。原本討厭我到極點的月乃，如今卻在幫我說話。這點讓我覺得很開心。

可是，如果否定我說的話，那麼變態就會自動變成——

「沒錯！天真學長不但不變態，還一直盡力幫花鈴的忙喔！」

「就像妹妹們說的，天真學弟是最懂得為我們設想的人。」

花鈴與雪音小姐也來到我面前，和月乃一起幫我說話。她們以完全想像不出是變態少女的正經表情，宣稱我是無辜的。

喂，妳們別說了……！喂！別再說了！

雖然我很高興妳們願意幫我說話，但是這樣一來，妳們的祕密反而會曝光喔！

「變態的，不是天真……」

月乃眼中充滿了作出覺悟的意志。雪音小姐和花鈴也一樣。

「沒錯……天真學弟不是變態。」

「學長……學長不是……」

喂，喂，妳們……妳們想說什麼……？住口啊！拜託妳們住口吧！

「「「因為真正變態的是——」」」

住口啊——！不要再說了————！

「——你們是不是誤會了？」

沒想到肇先生先開口，打斷了三人的話。

「「「咦……？」」」

從肇先生的語氣中感受不到怒氣，我們四人異口同聲地發出疑問之聲。

「我沒打算開除天真同學，也不認為他是變態。不僅如此——我還想稱讚他做得非常好呢。」

「「「「咦…………？」」」」

我們再次異口同聲地發出疑問之聲。不僅不責怪我，還要稱讚我？

「呃……請問，這是什麼意思呢……？」

「就是這個意思。你不是幫了月乃嗎？多虧了你，才能趕走一直繞在我女兒身邊的惱人蒼蠅呢。」

惱人蒼蠅……？呃？這是什麼意思啊……？

「還不懂嗎？就是瀧川諒太。」

肇先生一臉不悅地說出那個名字。

「雖然我只見過他一次，但是就人格看來，他完全配不上我女兒。儘管如此，他卻恣意妄為地把月乃當成目標，打算把月乃當作玩弄的對象。由於他太纏人了，我一直在煩惱該怎麼趕走他呢。畢竟他姑且是名門子弟。」

諒太家和肇先生是事業上的合作夥伴。雖然想保護月乃不被諒太的魔掌騷擾，但是考慮到兩家的關係，也不能做得太絕……

而我，在這種情況下，無意間趕跑了諒太。

「可、可是我……擅自破壞了月乃小姐談戀愛的機會……」

「這點用不著在意。假如你認為對方配不上我女兒，那麼對方應該就真的配不上我女兒。我很相信你，所以才會讓你陪在我女兒們身邊。」

咦？原來我被肇先生如此信任嗎……？

「再說，雖然我不太清楚原委……但是就連剛才，你也同樣為了保護我女兒們，捨身承擔一切呢。看樣子，你比我以為的還要可靠高尚。」

「沒、沒這回事！您過獎了！」

總覺得肇先生對我的好感度上升了？

「總之，這次都是多虧了你的機靈，月乃才能平安無事。你大概是怕我聽信諒太那些奇怪的話，才會主動攬下一切吧？但是你放心，那種人說的話，我是不會相信的。居然把我女兒們稱為變態，簡直是豈有此理。」

哦、哦哦……不愧是超級寵女兒的老爸。打從一開始，就完全不相信諒太的話。

不過話說回來，他會不會太信任我和三姊妹了？雖然我們因此得救，但是信任成這樣，我反而有點擔心了。因為她們三人，真的全是變態喔？

「天真同學，今後我希望你也能繼續和我女兒們一起生活。一面保護她們，一面讓她們更了解男性，成為完美的新娘。」

這種說法……難道說，我完全不會被責怪嗎……？

察覺話題即將結束，我在心中歡呼。

「哦，對了、對了。有一件事，我要先說清楚才行——」

「好、好的！請問是什麼事呢？」

「——如果你真的是變態，我可是會把你挫骨揚灰的喔……？」

不等我回應，肇先生已經離開房間了。

……照這個說法，假如我們目前過的生活被他知道，我小命肯定不保吧……

但是不論如何，他不會因為這次的事而怪罪我，我不會因此被開除。

「啊～～～～！太好了～～～～！」

緊張的情緒一下子放鬆，我癱軟無力地坐在地上。

「恭喜你！天真學長！」

「天真學弟，真是太好了呢！這下子，我們又能一起生活了！」

「什麼嘛……原來是我想太多了嗎……真是白擔心了……」

三姊妹們也都把這件事當成自己的事似的，為我感到開心。

不過……我剛才是真的很開心。不會被開除當然令人喜悅，但是最感到欣慰的，是這三姊妹願意挺身幫我說話。

不過話說回來，那麼做其實很危險呢……假如她們真的表明了自己是變態，說不定就無法容身於這個家了……

雖然如此，我還是為她們的心意感到高興。就連那個月乃，也為了我而行動。

「大家……謝謝妳們。」

我向三人道謝後，雪音小姐與花鈴便對我露出明亮的笑容。

月乃則是靦腆地把臉別到一旁。雖然她還是一樣不坦率，但是與我之間的距離，似乎稍微拉近一點了。

今後，我能繼續在這個家裡工作，而且還是在得到這三人的承認之下工作。

「對了……大家剛才想說什麼啊……？」

「「？」」

也許是出於單純的好奇吧，花鈴多嘴地問道。

「沒、沒有喔……我只是情急之下……想找點藉口而已……」

「我、我也是喔！對了，花鈴妳呢？」

「咦？花、花鈴也只是配合大家而已喔……啊哈哈……」

三人開始裝傻，乾笑帶過這件事。

我則是看著她們的模樣苦笑。

尾聲

宴會結束，我總算逃過被開除的命運的隔天。

我忽地醒來，發現一名只穿著內衣的女孩躺在自己身旁。

「……………咦？」

只見她把睡衣扔在一旁，手上拿著制服，但是就此定格不動。

「哈啊哈啊……在這種地方換衣服……被學長發現的話就傷腦筋了……要快、快點換好衣服才行……啊，可是，還是再維持一下現狀好了……」

「喂，花鈴，妳在做什麼……」

我冷冷地對自顧自興奮起來的暴露狂說道。

「學、學長？……啊啊……！學長醒來了……因為花鈴拖拖拉拉地換衣服，所以被學長看到只穿內衣的樣子了……！哈啊哈啊……請學長看得更仔細一點！」

花鈴把雙手放在胸部下方，強調似的將胸部捧高。

「我說啊……想做色色的事要先講啦！突然這樣對心臟很不好耶！」

反正是來玩讓我看她換衣服的遊戲吧？真是厲害，一大早就這麼開心。

「是說，妳不要隨便進來啦……這裡怎麼說還是我房間喔……？」

「對不起啦，學長。可是花鈴這次有好好為你著想喔？」

花鈴信心滿滿地說：

「為了昨天挺身相救的學長──花鈴今天穿了胸罩和內褲喔！怎麼樣？花鈴有成長對吧？」

哦哦！比在飯店時多穿了一件！這確實算是成長！

……不過，可以直接放棄暴露行為嗎？說起來，還是和以前幾乎沒什麼不一樣啊！

「話說回來，學長你房間裡色色的東西未免也太少了吧？儘管名字那麼色，但是連TENGA都沒有耶。」

「就說我的名字不是那樣！還有，不要亂翻別人的房間啦！」

這傢伙該不會亂動我房間的東西吧……？我擔心地轉頭確認房間的模樣。

與此同時，我發現指針已經走到超過七點的位置。換作是平常，我早就醒了。

「真的假的！這下可不妙了！」

應該是因為昨天的事，累到睡過頭了吧。不快點的話，可是會遲到的。

「花鈴！妳現在就給我換好衣服！不然連妳也會遲到喔！」

「啊！學長！等我一下嘛！」

再怎麼說，我都不能和花鈴在同一個房間裡換衣服。

我一面這麼思考，一面為了先作其他準備，急急忙忙離開房間。

※

「真是的……花鈴明明說要等一下……」

被留在天真房間裡的花鈴，寂寥地說道。

「結果還是來不及問這封信的事。」

花鈴拿出一封信。信封本身有點年紀了，不過是可愛的粉紅色信封。這是花鈴趁著天真還在睡時，為了尋找情趣用品，在衣櫃裡翻到的。

「不知道信上寫了什麼……？」

花鈴雖然知道不該隨便亂看別人的信件。

可是，那個看起來和女人沒有半點瓜葛的天真，房間裡居然有這麼可愛的信封。這個事實不斷地刺激著花鈴的好奇心。

「只、只看一點點……只看三秒的話，應該沒關係吧……？」

花鈴自顧自地訂下規則，從信封裡拿出信紙。

『結婚證書：我長大以後，一定要和天真結婚。』

內容很簡潔，而且筆跡很幼稚，但是可以看出小朋友純真感情的可愛信紙。寫信的人應該有點早熟吧。模仿結婚證書畫的信紙，讓人覺得很可愛。

「……咦？」

但是，看著信紙的花鈴，並沒有這種感想。

相反地，她疑惑地歪著頭，自言自語道：

「這字跡，好像在哪裡看過……？」

※

我離開房間後，為了刷牙洗臉，前往洗手臺。但是那兒已經有人了。

「呼——！呼——我快要……忍不住了……」

「！」

站在那裡的，是扭動不已的月乃。只見她手上拿著牙刷，露出極為煩惱的表情。是說，那是我的牙刷……

「天真的……天真的牙刷……哈啊哈啊……」

月乃死命地盯著我的牙刷，接著用力搖頭。

「不、不行！就算是為了天真，我也要治好這怪癖才行……哈啊哈啊……」

月乃這傢伙……正在用我的牙刷發情。不對，是差點發情，同時又拚命抵抗發情。

呃，沒問題吧？她不會真的含下去吧……？

總覺得要是我現身，情況會變得更麻煩。

平常的話，我會先退出離開；可是今天真的沒時間了。月乃也正在努力忍耐，我還是以梳整為優先吧。

我轉身前往廚房，想用那邊的水槽洗臉。

可是，這邊的情況也一樣。

「主人！早安——☆」

雪音小姐正站在通往廚房的飯廳——脖子上戴著項圈，手上銬著手銬。

「雪、雪音小姐……？妳為什麼把自己搞成這樣……？」

「因為我是你的奴隸呀☆」

嗯，完全聽不懂她在說什麼。

「身為奴隸，當然要先把表面形式做好不是嗎？但是為了回應拚命幫我隱瞞祕密的天真學弟的心情，所以我想，不應該再穿裸體圍裙了……說到奴隸，就會想到項圈和手銬。今後我會以這種造型來服侍你的♪」

雪音小姐說著，手腳並用地爬到已經放好早餐的桌前。

「來，請坐在我身上吃早餐吧！請把我這奴隸當成椅子使用吧！」

這些人果然還是都不行……雖然昨天讓我有點感動，不過基本上仍然是變態。雖然說稍微改善了一點點，但是本質依然沒有改變。

到底要花多少時間，才能讓這些人變成真正的人類啊……

『叮咚——♪』

門鈴聲打斷了我的思考。

「啊！好像有人來了！真是沒辦法，我去開門吧！」

「天真學弟，等一下！開門這種事要由我這個奴隸做才對！」

得到脫身藉口的我，無視雪音小姐的阻止，跑到玄關。

太好了，這樣一來我就能逃離那個被虐狂了。

我穿過長長的走廊，來到玄關，打開氣派的大門。

「…………！」

在開門的瞬間，我倒抽了一口氣。

站在那兒的，是一名美麗、全身散發成熟穩重氣息的女性。

只見她穿著所謂的女僕裝，頭上戴著白色的蕾絲頭巾，腰上充滿荷葉邊的圍裙有個大大的蝴蝶結。

就走在戶外而言，是有點奇妙的服裝。但是她卻把這身衣服如制服般的穿在身上，完全沒有不協調感。

過於堂而皇之的態度，反而令人覺得她異常適合穿女僕裝，而且有種高冷的美。我看著她，不禁失去了說話的能力。

「你是一条天真同學對吧？」

對方主動開口問道。

「咦？啊，我是……請問妳是……？」

她為什麼知道我的名字呢？這裡是月乃她們的家，而我是最近才搬進來的。會來這個家的人，應該不知道我的名字才對。所以說，這個人到底是……？

也許是看穿了我的疑問吧，那名女性再次開口：

「早安。我叫寺園愛佳，奉肇大人的命令，來視察各位的生活。」

「咦……？」

視察……生活？怎麼回事？這是什麼意思……？

也就是說，她會一一檢查我們從早到晚的生活狀態……？

咦？為什麼？為什麼突然派人來視察啦！

「不好意思……可以讓我進門嗎？」

「啊……！呃，不……！」

不好了。三姊妹正在屋子裡發情，要是被女僕看到那種場面，我一定會被趕出這個家的！

可惡！昨天好不容易才逃過被開除的命運，為什麼又要碰上這種事！

我的思緒亂成一團，無法好好回話。

但是，原本面無表情的她，卻噗哧一聲笑了出來。

「你和小姐們相處得很好呢……比我想像的，更加更加要好呢。」

「！」

喂、喂……這些話是什麼意思？

難道說，她們的祕密……其實三姊妹全是變態的事，早就穿幫了……？

看著笑得別有深意的女僕，我更加啞口無言了。

後記

初次見面的各位，您們好，我叫浅岡旭。

各位好久不見，真的好久不見了。能以這種形式再次見面，我真的很開心。

這次作品的主旨是「和色色的女孩子們住在一起」。

我覺得色色的女孩子是一種浪漫的集合體。她們一定能讓我摸咪咪，或是掀起裙子讓我看可愛的小褲褲對吧？有這種女孩子的話，當然會喜歡上對方啊！

我想和女孩子同居、和女孩子一起洗澡、和女孩子睡在同一張床上，以及被女孩子毛手毛腳做色色的事。這就是我寫出這部作品的原動力。希望大家能在閱讀這部作品時，享受到和色色的女孩子一起度過的愉快時光。

本作是我在平成年間最後完成，在令和元年出版的第一本書。能夠以出版新作品迎接新時代開幕，我感到非常開心。

我想盡自己的棉薄之力，為讀者們帶來更愉快的生活。

那麼接下來，請容我表達感謝之意。

首先要感謝從前一部作品就大力支持我的責編S大人。真的非常感謝您一直很有耐心地給腦袋不好的我各種建議，我真是不知該如何答謝您才好……如果沒有責編大人，我一定會很慘烈的。今後，我會繼續好好努力。

為本書繪製插畫的アルデヒド大人，謝謝您以那麼美麗的插圖為三姊妹注入生命。我原本就非常喜歡アルデヒド大人的圖，這次能一起合作，實在是太太太開心了。

除此之外，我也要誠摯地感謝與本書出版有關的各位大人。非常感謝校閱與美編等各方面的專業人士，因為有你們，本書才得以問世。

最重要的是，要感謝各位讀者大人。謝謝您們在各式各樣的娛樂作品中選擇了本書，我真的是感激不盡，銘感五內。

最後，我打從心底希望能在不久之後，與大家再次相逢。

二〇一九年四月某日　浅岡旭

這是妳與我的最後戰場，或是開創世界的聖戰
the War ends the world / raises the world
3
細音啓
illustration
猫鍋蒼
Kadokawa Fantastic Novels

我喜歡的妹妹不是妹妹 1~7 待續

Kadokawa Fantastic Novels

作者：惠比須清司　插畫：ぎん太郎

「你們應該沒有兄妹之外的可疑關係吧？」
就說取材別太積極，這下得嘗試偷偷來了!?

祐與涼花的校園生活正式開始，隨著小說進入高中篇，涼花取材也更加帶勁！然而這些努力活動的結果……害祐在校內被人家亂傳跟涼花有糟糕關係!?祐不願讓涼花被人講閒話，要涼花取材克制點——拜託，「隱密甜蜜蜜作戰」這行不通的啦！

各 NT$220/HK$68~73

終將成為神話的放學後戰爭 1~7 待續

作者：なめこ印　插畫：よう太

與七大神話的戰鬥邁向新次元，
「諸神黃昏篇」開幕！

第三次神話代理戰爭終結了。但是為了找回妹妹天華真正的笑容，雷火的戰鬥還沒有結束。凱特爾神話的阿麗安蘿德提出警告，表示眾神將發動襲擊。「神界」、「聖餐管理機構」，還有雷火的老巢「教會」，三大勢力此刻齊聚一堂！

各 **NT$200~250/HK$67~82**

驚爆危機ANOTHER 1~12、SS（完）

Kadokawa Fantastic Novels

作者：大黑尚人　插畫：四季童子

百花撩亂的SF軍事動作小說，
堂堂完結！

在片刻的休憩中，一道黑影正悄悄逼近看似取回了和平日常的達哉！——完整收錄描寫戰士們在達成使命後的新故事，達哉教官與克拉拉第一次的AS操縱體驗、將愚蠢恐怖分子捲入的三条姊弟的假期騷動、魔鬼剋星D.O.M.S.的船幽靈除靈之旅等優秀短篇！

各 **NT$180~220/HK$55~68**

約會大作戰DATE A BULLET 赤黑新章 1~5 待續

Kadokawa Fantastic Novels

作者：東出祐一郎　原案・監修：橘公司　插畫：NOCO

狂三為了贏得撲克牌對決，
竟然在夜晚的街頭當兔女郎？

「想讓我打開通往第六領域的門——就去賺錢吧。」第七領域支配者佐賀繰由梨提出這樣的條件。時崎狂三與緋衣響為此要到賭場賺錢，但玩吃角子老虎賺的錢對目標金額仍是杯水車薪。於是狂三賭上全部財產，與齊聚到第七領域的眾支配者以撲克牌對決！

各 **NT$220~240/HK$68~80**

約會大作戰DATE A LIVE 安可短篇集 1~8 待續

Kadokawa Fantastic Novels

作者：橘公司　插畫：つなこ

約會忙翻天！這次到了「IF」世界！
開始這場可能成真的戰爭(DATE)吧。

七罪化身教師，負責帶精靈們就讀的班級？十香將打倒專制暴政的國王？六喰太夫在遊廓玩宴席遊戲？拉塔托斯克變成編輯部，而琴里是總編？這是未被世界否定的精靈們呈現的另一種故事。士道輾轉多處「IF」世界，終於挖掘出某種真相──

普通攻擊是全體二連擊，這樣的媽媽你喜歡嗎？ 1~6 待續

Kadokawa Fantastic Novels

作者：井中だちま　插畫：飯田ぽち。

真人一行人為了湊成皇家婚事，
要盛裝打扮參加相親派對啦！

真真子這次開了專門解決母子問題的「媽媽店鋪」，由兒子真人親身示範對媽媽撒嬌的方式，解決一堆親子問題，更漂亮擺平皇室母子問題，兒子犧牲小我真偉大！此時想和NPC結婚的測試玩家母女檔來訪，為解決她們的問題，真人全員被迫參加相親派對!?

各 **NT$220/HK$68~75**

國家圖書館出版品預行編目資料

就算是有點色色的三姊妹,你也願意娶回家嗎? / 浅岡旭作 ; 呂郁青譯. -- 初版. -- 臺北市 : 臺灣角川, 2020.04-

冊 ; 公分. -- (Kadokawa fantastic novels)

譯自 : ちょっぴりえっちな三姉妹でも、お嫁さんにしてくれますか?

ISBN 978-957-743-699-3(第1冊 : 平裝)

861.57 109001894

Kadokawa
Fantastic
Novels

就算是有點色色的三姊妹，你也願意娶回家嗎？ 1

（原著名：ちょっぴりえっちな三姉妹でも、お嫁さんにしてくれますか？）

2020年4月8日 初版第1刷發行
2022年1月27日 初版第2刷發行

作者：浅岡旭
插畫：アルデヒド
譯者：呂郁青
發行人：岩崎剛人
總編輯：蔡佩芬
編輯：彭曉凡
美術設計：莊捷寧
印務：李明修（主任）、張加恩（主任）、張凱棋
發行所：台灣角川股份有限公司
地址：104台北市中山區松江路223號3樓
電話：（02）2515-3000
傳真：（02）2515-0033
網址：www.kadokawa.com.tw
劃撥帳戶：台灣角川股份有限公司
劃撥帳號：19487412
法律顧問：有澤法律事務所
製版：巨茂科技印刷有限公司
ISBN：978-957-743-699-3